青少年阅读欣赏丛书

中外新闻作品赏析

ZHONGWAI XINWEN ZUOPIN SHANGXI

董小玉·主编

西南师范大学出版社
国家一级出版社　全国百佳图书出版单位

图书在版编目(CIP)数据

中外新闻作品赏析 / 董小玉主编.—重庆:西南师范大学出版社,2015.9(2018.11 重印)
(青少年阅读欣赏)
ISBN 978-7-5621-7491-2

Ⅰ.①中… Ⅱ.①董… Ⅲ.①新闻—作品集—世界 Ⅳ.①I15

中国版本图书馆 CIP 数据核字(2015)第 201247 号

青少年阅读欣赏丛书

中外新闻作品赏析

董小玉　主编

责任编辑:李　玲
书籍设计:周　娟　廖明媛
出版发行:西南师范大学出版社
　　　　　地址:重庆市北碚区天生路 2 号
　　　　　邮编:400715　市场营销部电话:023-68868624
　　　　　http://www.xscbs.com
经　　销:新华书店
印　　刷:河北远涛彩色印刷有限公司
开　　本:787mm×1092mm　1/16
印　　张:11.75
字　　数:217 千字
版　　次:2015 年 11 月第 1 版
印　　次:2018 年 11 月第 4 次印刷
书　　号:ISBN 978-7-5621-7491-2
定　　价:25.00 元

Xuyan 序言

美国哥伦比亚大学教授麦尔文·曼切尔曾说:"记者必须学会用孩童般的眼睛观察世界,他把每件事情都看作是新鲜的、各具特点的;同时,他必须用聪明长者的眼光洞察世界,能够区分出有意义的东西和无意义的东西。"这不仅是对记者独到而敏锐的观察力提出要求,也是新闻的要旨所在:兼具新鲜与意义。本书得此精髓,于新鲜中洞见深刻,于意义中渗透价值。

擦亮"新闻眼"——洞悉社会百态。在安静的奥斯维辛,静观雏菊的怒放,默悼灵魂的消逝;在复活节前夜,于撕开的栅栏旁与渴望"新生"的偷渡者一起穿越天堂与炼狱;在最后的三家子屯,为失落中的柔滑满文驻足、哀伤;在众声喧哗的"黄金时代",打捞与倾听沉没的声音……

透视"多棱镜"——记录时代原声。解密大学生孙志刚之死,将有悖宪政理念和法治文明的收容审查制度推上正义的"审判台";深刻解析PX产业,在政府的推崇与民众的担忧间竖起天平;还原汶川大地震抗震救灾的真实情景,感受中国人的坚韧、乐观和团结……

聚焦"众生相"——剖析人物万象。回溯车洪才用一生编纂普什图语词典的曲折过程,歌颂被"遗忘的国家任务"背后的坚守;伫立于伟大领袖曼德拉的葬礼前,感受生生不息的"善良、宽容、平等、博爱"之源;真实再现感人的告别场景,刻画爱心大使丛飞的精彩人生和高洁灵魂……

本书选文精粹,具有可读性。42篇新闻纵横古今,漫溯中西。借天真孩童的眼睛,打开一个个新鲜的、精彩的"新闻世界";透过聪明长者的眼光,捕捉社会的意义所在,呈现出一幅鲜活生动、意蕴深远的时代画卷。

本书评论独到,具有指导性。评论或言辞犀利,矛头直指社会乱象;或春风拂面,娓娓道来温情故事;或精辟独到,冷静评析时事热点;或情真意切,默默勾勒百态人生……鉴赏、细品它,一道道社会风景将尽收眼底。

走进本书,你便搭载了一艘扬帆起航的帆船,能开启神奇曼妙的新闻之旅;又仿佛手握一把充满魔力的钥匙,能打开新闻作品赏析的大门。你将于摇曳多姿的语言中品味言辞的力度,于严密紧凑的构架中触摸问题的广度,于清晰贯通的脉络中领悟暗藏的深度。

这本散发着淡淡墨香的书,透过大开大合以及或细腻雅致,或铿锵有力,或尖锐犀利的篇篇评论,使你能感受到其间别样的呼吸,收获茅塞顿开的感触。

目录 Mulu

擦亮『新闻眼』

——洞悉社会百态

"奥斯维辛没有什么新闻" 〔美〕亚伯拉罕·迈克尔·罗森塔尔

从某种意义上说,在布热金卡,最可怕的事情是这里居然阳光明媚温暖,一行行白杨树婆娑起舞,在大门附近的草地上,还有儿童在追逐游戏。

这真像一场噩梦,一切都可怕地颠倒了。在布热金卡,本来不该有阳光照耀,不该有光亮,不该有碧绿的草地,不该有孩子们的嬉笑。布热金卡应当是个永远没有阳光,百花永远凋谢的地方,因为这里曾经是人间地狱。

每天都有人从世界各地来到布热金卡——这里也许是世间最可怕的旅游中心。来者的目的各不相同——有人为了亲眼看看事情是不是像说的那样可怕,有人为了不使自己忘记过去,也有人想通过访问死难者受折磨的场所来向他们致敬。

布热金卡在波兰南方城市奥斯维辛城外几英里①的地方——世人对奥斯维辛这个地名更熟悉。奥斯维辛大约有12 000名居民,距华沙120英里,地处被称为摩拉维安门的山口的东头,周围是一片沼泽地。布热金卡和奥斯维辛一道组成了被纳粹称为奥斯维辛集中营的杀人工厂的一部分。

14年前,最后一批囚徒被剥光衣服,在军犬和武装士兵的押送下走进毒气室。从那时起,奥斯维辛的惨状被人们讲过了很多次。一些幸存者在其撰写的回忆录中谈到的情况是任何心智健全的人所无法想象的。奥斯维辛集中营司令官罗道夫·弗兰斯·费尔南德·霍斯在被处决前也写了回忆录,详细介绍了这里进行的集体屠杀和用人体做的各种试验。波兰人说,共有400万人死在那里。

今天,在奥斯维辛,并没有可供报道的新闻。记者只有一种非写不可的使命感,这种使命感来源于一种不安的心情:在访问这里之后,如果不说些什么或写些什么就离开,那就对不起在这里遇难的人们。

---

① 编者注:1英里约为1.6千米。

现在,布热金卡和奥斯维辛都是很安静的地方,人们再也听不到受难者的喊叫了。参观者默默地迈着步子,先是很快地望上一眼;接着,当他们在想象中把人同牢房、毒气室、地下室和鞭刑柱联系起来的时候,他们的步履不由得慢了下来。导游也无须多说,他们只稍用手指一指就够了。

每一个参观者都感到有一个地方对他说来特别恐怖,使他终生难忘。对有的人来说,这个地方是经过复原的奥斯维辛毒气室。人们对他们说,这是"小的",还有一个更大的。对另外一些人来说,这样一个事实使他们终生难忘:在德国人撤退时炸毁的布热金卡毒气室和焚尸炉废墟上,雏菊花在怒放。

还有一些参观者注视着毒气室和焚尸炉,他们表情茫然,因为他们不晓得这是干什么使的。然而,一看到玻璃窗内成堆的头发和婴儿的鞋子,一看到用以关押被判处绞刑的死囚的牢房时,他们就不由自主地停下脚步,浑身发抖。

一个参观者惊惧万分,张大了嘴巴,他想叫,但是叫不出来——原来,在女牢房,他看到了一些盒子。这些三层的长条盒子,六英尺①宽,三英尺高。在这样大一块地方,每夜要塞进去五到十人睡觉。解说员快步从这里走开,因为这里没有什么值得看的。

参观者来到一座用灰砖建造的建筑物前,这是在妇女身上搞不育试验的地方。解说员试着推了一下门——门是锁着的。参观者庆幸他没有打开门进去,否则他会羞红了脸的。

现在参观者来到一条长廊里。从长廊两边的墙上,成排的人在注视着参观者。这是数以千计的照片,是因徒们的照片。他们都死了——这些面对着照相机镜头的男人和妇女,都知道死亡在等待着他们。

他们表情木然。但是,在一排照片的中间,有一张特别引人注目,发人深思。这是一个二十多岁的姑娘,长得丰满,可爱,皮肤细白,金发碧眼。她在温和地微笑着,似乎是为着一个美好而又隐秘的梦想而微笑。当时,她在想什么呢?现在她在这堵奥斯维辛集中营遇难者纪念墙上,又在想什么呢?

参观者被带到执行绞刑的地下室去看一眼,这时,他们感到自己也在窒息。另一位参观者进来了,她跪了下来,在自己胸前画十字。在奥斯维辛,没有可以做祷告的地方。

---

① 编者注:1英尺约为0.3米。

参观者们用恳求的目光彼此看了一眼,然后对解说员说:"够了。"

在奥斯维辛,没有新东西可供报道。这里天气晴朗,树木青青,门前还有儿童在打闹、嬉戏。

(《纽约时报》,1958 年 8 月 31 日)

作品赏析:

著名记者罗森塔尔"于无声处听惊雷",在 1958 年写下了这篇被誉为"美国新闻写作中不朽的名篇"的通讯。文章一反传统、不落窠臼,既立足于反映客观的事实,又流露出强烈的主观情感,抒发了作者对法西斯暴行的深恶痛绝,以及对自由、解放、新生的珍惜之情。

巧设悬念,回顾历史片段。 作者以"奥斯维辛没有什么新闻"为标题,欲擒故纵,巧设悬念。导语中,作者以诗般的语言,渲染了一个鸟语花香、阳光明媚的布热金卡,使读者产生强烈的疑问——为何"二战"时期的人间地狱现在却成了世人瞩目的旅游中心?针对这一问题,作者以参观者的视角进行了解答。毒气室、焚尸炉、死囚牢、女牢房等景点的真实写照,不仅细腻地描写了历史遗迹的特征,更通过参观者真实、夸张的表情,表达了作者对遇难者的哀悼与追思。这份沉痛的哀伤与阳光明媚、绿树成荫、充满孩童欢笑的集中营形成了巨大反差,让人们在悼念历史的黑暗中,更加珍惜生活的斑斓。

强烈对比,牢记战争悲剧。 文章细节刻画细致传神。如主体部分对参观者心理和生理反应的描写,"表情茫然""张大了嘴巴,他想叫,但叫不出来""浑身发抖""在自己胸前画十字",等等。这些对参观者表情、反应的细节描摹,淋漓尽致地表现了他们对法西斯酷刑的战栗和惊恐,给读者以强烈的情感共鸣。此外,文章的细节描写还处处暗含对比手法。想象中的奥斯维辛应该笼罩着"二战"的恐怖气息,令人毛骨悚然。然而,十三年后的奥斯维辛,却早已远离了"二战"的噩梦:没有凄楚哭啼,只有祥和宁静;没有阴森密布,只有阳光和煦;没有沉痛死寂,只有希望生机。过去与现在、想象和现实的剧烈反差给读者造成了强烈的震撼,使文本产生了巨大的张力,提醒读者要牢记历史的悲剧、共同维护和平。

意蕴深远,向往和平美好。 文章具有新闻的简练准确、散文的流畅隽永特点,文字既干净简洁又充满意味。如"在布热金卡,最可怕的事情是这里居然阳光明媚温暖，一行行白杨树婆娑起舞，在大门附近的草地上，还有儿童在追逐游戏"，语言明快又充满反讽意味。"最可怕""居然"等词，突出了作者对布热金卡现状的难以置信，使人陷入对战争历史的深思。又如"参观者们用恳求的目光彼此看了一眼，然后对解说员说：'够了。'"，"够了"一词掷地有声，凝聚着作者内心强烈的情感：对受难者苦难遭遇的同情与哀悼，对法西斯暴行的愤懑与不满，对自由和平的希冀与向往。

（陈红）

复活节边境日出 〔美〕乔纳森·鲍里克·弗里德曼

复活节前夜,三名偷渡者爬过用铁链连接的栅栏上的一个洞进入了美国。

他们越界之处是个无人地带。但是在春天,撕开的栅栏旁盛开着半人高的黄花。偷渡者停下来休息。明天是复活节,即钉在十字架上的耶稣从坟墓中复活的神圣日子。

他们在花丛下靠近一道肮脏车辙的地方铺开一床毯子,挨在一起躺下了。

黑暗中,在蒂华纳的红灯区北区的艳丽灯光的映衬下,栅栏现出了轮廓。挂在栅栏上的衣服碎片随风飘动。当月亮越过天空时,也许可以把栅栏想象成一个十字架。那衣服就好像是耶稣的身体。

但是那是在受难节,而这天是复活节——耶稣复活之日。而今天是有望再生——在美国这块土地上开始一种新的劳动生活的日子。

睡觉前,一名偷渡者闭上他的眼睛,把他的双手放在额头上。

"我为我的瘦小的母亲和兄弟们祈祷。"他后来躺在医院的房里说,"我为自己祈祷。我害怕土匪袭击我们。"当他祈祷时,他想到了他的在瓜纳华托(墨西哥中部)的母亲、父亲和8个兄弟。他的房子是用铁皮做的顶,地面上很脏。他的父亲是个鞋匠,每周挣6 000比索(12美元),"连付水电费和学费都不够。我们常饿肚子。我是老大,所以我来这儿打工。"……

但是自瓜纳华托长途跋涉之后,他在花丛中睡着了。黑暗中,来自墨西哥、中美和世界其他地方的人,像栅栏上的无数链环一样。边境巡逻队开着"拉姆查格"牌车沿栅栏追赶他们。车在花丛中的小道上穿行,抓住几个,把其他的往北方撵……

在离边境很远的华盛顿,眼下正是樱桃树开花的时候。在那里众议院即将重新讨论移民改革问题。

移民法,正像边境上的栅栏一样,已是千疮百孔。每一个漏洞被一个院外说客守卫着,他拿人钱就是为了让那个漏洞敞开。商业利益集团想让外国人不断穿过栅栏从事廉价工作。劳工组织想阻止非法的外国人,但不希望给外籍劳工提供一个有组织的计划。那些声称为非法外国人说话的人代表了拉美裔美国人,他们自身有种族歧视带来的磨难和恐惧。排外主义者则想挑起人们反对所有移民,他们夸大非法的外国人"入侵"美国的危险。

当众议院司法委员会各派系围绕先前诸项移民改革法案的残余部分展开争斗的时候,边境上的严酷现实就像那三名偷渡者睡在花丛下一样,谁也看不见。

法院必须判定碾压了那些外国人的那名边境队执法人员出于粗心,但是那辆驶过他们身体的卡车是由我们美国人民开的。我们制定了移民法;我们雇用了那些必须像被追捕的动物一样的外国人,为的是修筑我们的道路,收割我们的作物,清扫我们的店,在华盛顿在政客们举行宴会时当侍者。

国会,洗掉我们的罪责吧。在边境上停止让非法的外国人像耶稣那样受难。

(《圣迭戈论坛报》,1986 年 4 月 3 日)

🌼 作品赏析:

本文以三个偷渡者被边境巡逻队的巡逻车碾压死伤的事件为切入点,呼吁当时美国国会尽快制订出有效而人性化的方案,来解决非法移民入境的问题。

细腻描写,打破评论常规。评论以复活节前夜,三名偷渡者爬过栅栏进入美国为开篇,用细腻的描写呈现出三名偷渡者当时的状态,吸引眼球、扣人心弦。翻越边界时,出现在他们面前的是"铁链连接的栅栏""半人高的黄花",无人地带上肮脏的车辙,栅栏上飞舞的"衣服碎片"。这些描写看似平淡,却紧扣偷渡者的状态、视野、心情。让人们感受到偷渡者来到美国,就如同耶稣一样,需要经历重重磨难才能得以重生。前半部分的铺陈描述,让后文对国会移民法的抨击更加有力,让人们对"非法移民"问题的反思更加深刻。这样的评论没有开门见山的观点,也没有针砭时弊的论述,却有着一股震撼心灵的强大力量,敲打着问题的本质,也打开了新闻评论的另一扇窗。

对比象征,突显人权本质。文中将偷渡者的新生与耶稣的重生进行对比。偷渡者和耶稣都要为自己的"新生"经历磨难,"栅栏"是偷渡者在美国"新生"的阻隔,而"十字架"则是耶稣的宿命。但他二者的结局截然不同,耶稣在死后得以"复活",偷渡者们却在执法者的车下沦为亡魂。为了突显偷渡者命运的多舛,作者巧用意象,将"栅栏"视为"边境"与"国会"的象征。那些来自墨西哥、中美等地的人们,他们"像栅栏上的无数链环一样";而在众议院讨论移民改革问题时,"移民法,正像边境上的栅栏一样,已是千疮百孔"。正是有了这样的对比与象征,才让"非法移民"与国会法案的矛盾得以突出,并让更多的人反思"非法移民"问题,实现"在边境上停止让非法的外国人像耶稣那样受难"的愿景。

本文不同于传统评论文章严肃说理的风格,而是以细腻的描写和强烈的对比,将偷渡者的境况刻画得至情至性,入木三分,突显出众议院在立法时的失误与荒诞,强调解决"非法移民问题"的迫切性和重要性。文章寓情于景、情理相融的写作手法,为评论文章的写作注入了一道感性的清泉。

(邹晨雅)

满语消失的最后一瞬（节选）李海鹏

作为满族文化的最后遗存地,黑龙江省齐齐哈尔市三家子屯真正在日常生活中仍以满语为首选语言的老人不过 3 位,而且都已经年过八旬。他们去世之时也就是满语退出历史舞台之日。世界上将再没有活的满语存在。

伊兰包托克索——三家子

世界上最后 15 个以满语为母语的人都已经老了,他们住在齐齐哈尔市远郊的一个以玉米和奶牛为营生的屯子里。早年间它叫伊兰包托克索,现在叫三家子。

建屯 318 年以来,三家子屯一直是一个疏离于时代的村庄。早先,它的疏离是典型性的,屯中的满族家庭都在八旗的军事序列之中,在火器时代里学习骑射并每年两次到齐齐哈尔接受检阅。如今的疏离则具有边缘化的色彩,它的全部的非农业经济就是两家小卖店、两家只有本屯男人光顾的饭店和一辆乡村大巴。

在 50 年前,整个中国已经忙于"工业化"了,三家子屯的人们甚至还对耕种技术不甚了了。陶青兰的印象是:"种地不精。"她 62 岁,是 15 位说满语者中汉语说得比较好的一个。直到那时屯中居民还未习惯农业生活,要种黄米,就拿些种子心不在焉地随手一撒。他们还种些大豆、荞麦,一概收成欠佳,唯一丰产的是他们每个人日常需要又不劳烦太多人力的黄烟。

当来自山东的汉族人在 1970 年代大批迁来的时候,屯中的满族人开始面临一系列程度较浅的困境。首先是耕种技术上的,其次则是文化上的。"满族人大大咧咧,粗,不会过日子,拿土地不当回事。"陶青兰评价说,"房前屋后、荒地,汉族人逮着机会就稍微占点儿。满族人有钱就花,想吃想喝,攒不下钱。汉族人节俭,在嘴头儿上省,天长日久,过得就好了。"

三家子屯在建屯之初共有三姓,分别为计、孟、陶。计姓的前身为"计不出哈喇",孟氏的前身为"摩勒吉勒哈喇","托胡鲁哈喇"即为满族"陶"姓的前身。在本屯的历史中,除清朝前期"当兵吃粮"外,三家各有传统性的生计:计氏牧牛马,孟氏编筐,陶氏捕鱼。

这样一个植根于满族传统的村屯如今并不多见,但这并不意味着可以忽略其汉化的程度。

你甚至不能把这里看作是一个满族文化和生活方式的"保留地",因为没有多少保留下来的东西了。在 15 个以满语为母语的老人当中,说得相对娴熟的又只有 3 人,而他们的满语水准亦不及祖辈的"一半儿"。

三家子屯小学是全国唯一一所满语小学,齐齐哈尔市和富裕县为之投资超过百万元。学校中一块不常挂起的满语牌匾和几幅写有满文的书法作品,就是全屯仅有的满语文字。学校专辟了一间教室用于"满族传统展览",可是在全屯尽力收罗器物,却只得到寥寥几件:一柄渔叉,一只渔筐,一架纺车,一小堆儿"嘎拉哈"——猪或羊的膝骨,满族女孩的传统玩具。

集体记忆的遗忘

三家子屯最有价值的一件"文物",是陶家的一幅记载祖先原籍的中堂,中堂上书有殿堂,用满文写有"自长白山苏格利河宁古塔远来"。这段文字证明了三家子屯中计、孟、陶三姓曾是清初宁古塔副都统萨布素麾下水师营的水兵下属,依据文献可查,早前曾抗击入侵的俄罗斯军队,亦曾驻扎在齐齐哈尔。

祖先们的那段迁徙经历之于三家子屯,恰如奥德修斯的旅程之于希腊,形成了诸多令人难以置信的传说。76 岁的孟宪连当过团支部书记、村长,多少有点儿文化,可是还对其中的一个传说坚信不疑。当我们笑起来并表示无法相信的时候,他双眼圆睁,整个身体坐着蹦向炕里,以示他多么震惊。

"老祖宗们都是踩着狗鱼过夹的。"他以陈述亲眼所见之事的口吻说,"那时候船还没发明呢。"

事实上,这一类传说恰好是三家子屯未被遗忘的极少数满族文化痕迹之一,仅仅藏在少数老人们的头脑之中。无论是显性的还是隐性的,满族文化结构在这里都已是明日黄花。索伦杆、影壁,已于五十年前消失。吃狗肉仍然是禁忌,可也有人不在乎了。

当村民们热衷于新式房屋时,他们取消了西窗,而那是满族传统房屋中专门用于崇祀祖先的地方。传统的土垒房屋只有贫穷的老年人才会居住。老人们早就发现,有的新房子里甚至连"维奇波克顺",也就是门槛,都不要了。

15 个满语者都超过了 60 岁,远离着年轻人的沸腾新世界。可是他们不能在与世隔绝中保存记忆。年迈使他们面临着一个新的威胁:遗忘。在 7 月的接连几天,一个又一个老人坐在南方周末记者面前不胜苦恼:"岁数大了,忘性大,记不住了,你们要是早几年来兴许还行。"

可是,遗忘在很早以前就已经开始了。早在这些老人年轻时候就开始了,甚至在他们没有出生、大清国的皇帝还登基坐殿、满语还是一个 3 亿人口的国家的官方语言的时候就已经开始了。满族的集体记忆在几百年间一直不断地流失着。即便是屯子里最老的满族老太太,比如 91 岁的陶云,其实也未曾有过哪怕一天真正的满族生活。在被问到可曾听过萨满歌曲时,她的回答是:"满族没歌。"

这位昔日的满族女孩从来没有机会聆听优美的《家神调》,即便她出生在"活化石"的三家子屯,"我们在那暗楼上,向神请求,把那旧时光悄悄带走,带来新岁月。"也从没听过《海清河晏》,如何嘹亮地炫耀着大清国的文治武功和道德威严,"海清河晏,花村犬不喧,讲武训戎旃,幕府多雄健。"

也许只有汉族人才会对此丝毫不感惊讶。这是我们再熟悉不过的历史经验:汉族像庄子所言之柔弱的舌头般长存,不能抵御虎狼之邦,却有同化的伟力。那些入侵的民族总是短暂地占有江山,却将永久性地失去自我。

三家子屯的老人们很少对满语的即将消失表示痛惜。他们中的大多数人曾经过着粗粝的生活,亦形成了粗粝的想法。"满语它没了就没了呗!"孟宪连抱持着农民式的真理,"这世上啥玩意不得没呢?"

使命不再延续

当北京的满族人在历史长流中调转船头,凭借在世代京畿的优游生活中积累下来的艺术基因,开始在戏剧、绘画、书法等方面展现惊人的天赋时,三家子屯的满族人则开始笨拙地学习种田。

三家子屯作为满族文化的最后遗存地的戏剧感,在于它建立于 1689 年。当时一个除了自己的家谱之外从未被任何档案文字记载过的满族水兵托胡鲁哈喇·洪阿力及其伙伴选择并建造了三家子屯。那也恰好正是英国发生光荣革命并通过《权利法案》、彼得一世亲政并在俄罗斯开始西方化改革的一年,世界历史向一个宏伟的新时代转折的一年。洪阿力们的小小队伍,在历史潮流中溯流而上,作为一个即将泯灭特征的民族的托孤者走向了与世隔绝之地。

如今,石君广开始感到祖先的奇怪的使命传到了他的身上。三家子屯的"满语小学"为孩子们开设一门浅显而且不列入考试科目的满语课程。学校有两位满语教师,均为没有正式编制的代课老师,石君广就是其中一个。他是屯子里唯一一个对满语感兴趣的中年人,过去几年中,他给村里的老人们录了10盘磁带,从"山里红"到"棒打狍子瓢舀鱼",满汉一一对应。

他想让孩子们都学会满语,至少"能用满语对话"。至于长久的目标,他则违反语言生存规律地希望"满语这门语言能够延续下去",尽管早就有到屯中考察的满语学者对他表示这绝不可能。

在三家子屯,比汉化更明确地发生着的是1960年代标准的全球化。村民们越来越依赖电力、柴油,全部成为除草剂的坚定支持者。在这样的屯子里,一个满语老师受到的关注并不比一个透明人多。作为一个曾因家贫而不能读大学的中年人,他甚至解决不了自己如何转为公办老师的难题。

石君广只能在民族文字中寄托希望和抱负。他能够讲述出的快乐只是在书写满族文字时手腕感受到那曲线的柔滑,"像写美术字似的,有一种美感。"这番表白在粗鲁的乡村生活中显然难觅知音。他拘谨、认真,给人的印象是正在消亡的文字中寻找安慰,在孤寂中寻求温暖。

(《南方周末》,2007年7月26日)

作品赏析:

满语的逐渐消逝也许有面对历史潮流冲击的无可奈何,但更多的则是我们在遗落、在淡忘,在冷漠地看着它从传统文化的长河中沉寂,直至消失。

那一代人的坚守:最后的三家子。 这里是满族文化的最后遗存地,这里生活着"世界上最后15个以满语为母语"的老人,这个植根于满族传统、疏离于光怪时代的村落,安于一隅。可即便如此,三家子依然如宿命般逃不开汉化的侵袭。现在,这里甚至算不上"一个满族文化和生活方式的'保留地'",那些带有满语记忆的人,那些与满语有某种关联的物,都随着时间的推移逐渐褪去痕迹。仅仅3位满语说得相对娴熟的老人,其"水准亦不及祖辈的'一半儿'";全国唯一一所满语小学——三家子屯小学,仅有的满语文字是"一块不常挂起的满语牌匾""几幅写有满文的书法作品";在"满族传统展览"的教室里,陈列的也不过寥寥几件器物……这一切无不昭示着满语文化的遗失。时间会风化记忆,也会风化文化,垂暮之年的老人依然在坚守,可这种坚守又能持续多久呢?

集体记忆的遗忘:早就已经开始。 当 76 岁的孟宪连坚信不疑地说:"老祖宗们都是踩着狗鱼过来的。"这似乎让我们看到了希望:原来,文化印记依然深刻。可是,事实却是,"这一类传说恰好是三家子屯未被遗忘的极少数满族文化痕迹之一",而且"仅仅藏在少数老人们的头脑之中"。索伦杆、影壁早已不见踪迹;"专门用于崇祀祖先"的西窗也已悄然隐匿;传统的土垒房屋"只有贫穷的老年人才会居住"。不仅是现在,遗忘其实早就已经开始。91 岁的陶云没有听过《家神调》《海清河晏》,记忆中也没有满族歌曲的存在,她甚至"也未曾有过哪怕一天真正的满族生活"。孟宪连轻描淡写一句"满语它没了就没了呗"将我们拉回了更残酷的现实,"满族的集体记忆在几百年间一直不断地流失着"。

　　担负延续的使命:孤寂中求温暖。 "作为一个即将泯灭特征的民族的托孤者",三家子屯的祖先们"在历史潮流中溯流而上",走向了与世隔绝之地,也担负了延续满语的历史使命。可如今,这种使命几乎无法再延续。满语课程浅显且不受重视,满语老师"受到的关注并不比一个透明人多",代课老师石君广甚至解决不了转为公办老师的难题。自认担负使命的他希望孩子们至少"能用满语对话",希望"满语这门语言能够延续下去"。但面对历史宿命,他似乎也只能如同一个拼命抓住小小浮木的求生者,在翻滚的浪潮中沉浮,"在消亡的文字中寻找安慰,在孤寂中寻求温暖"。

(洪亚星)

倾听那些"沉没的声音" 人民日报评论部

在今天的中国，能听到各种声音。两会会场中代表、委员纵论国是，报纸杂志上不同思想交流探讨，新闻评论跟帖动辄上千条，近2亿网民随时写下140字微博……条条声轨，汇成合奏，呈现这个时代多元多样的复杂图景和蓬勃活力。

我们迎来了表达的"黄金时代"，但仍有许多声音未被倾听。一方面，有些声音被淹没在强大的声场之中，难以浮出水面；另一方面，也有些声音只是"说也白说"，意愿虽表达，问题未解决。这些，都可谓无效表达，有人称之为"沉没的声音"。

无效的表达，不是没有表达，更不是不愿表达。广州市领导公开接访，市民带上铺盖卷、排队3天，就是为了能跟领导"说上话"；首位农民工全国人大代表胡小燕公开自己的手机号，却因每天上千个电话、上千条短信被迫关机。那些为网络关注、被媒体聚焦的热点事件，只是"冰山的一角"，海面之下这些体量更大的冰块，才是让冰尖浮出水面的庞大基石，也才是决定社会心态的"潜意识""核心层"。

在一定程度上，表达上的弱势群体，也是现实中的弱势群体。在社会层面，他们既缺乏影响公共舆论的资源，又鲜有参与政府决策的渠道，甚至无法得到与自身密切相关的信息，表达和追求自己利益的能力同样薄弱。因此，尽管可能人数不少，他们的声音却很难在社会中听到。

听见与被人听见，本是"社会人"的基本诉求；说话与听人说话，更是现代文明的基本共识。当表达权已成为一项基本的政治权利，重视这些声音，是协调利益关系、理顺社会心态的起点。在一个有着13亿人口、正经历着急剧社会转型的国家，广大群众的声音被聆听、被重视，尤为重要。

大部分沉没的声音背后，都有未被满足的诉求，都有被压抑、待纾解的情绪。儿子车祸致残，云南父亲欲到法院"自爆"走上极端维权之路；幼女身患绝症，湖北母亲参与"跪行救女"网络炒作……让舆论哗然的事件，都肇始于被忽视的声音。

不可倾诉、不被倾听、不能解决，如果不主动"打捞"，太多声音沉没，难免会淤塞社会心态，导致矛盾激化。

发出声音，是主张利益的基础。有利益的表达才有相对的利益均衡，有相对的利益均衡才有长久的社会稳定。事实表明，诸多矛盾冲突事件背后，往往是利益表达机制的缺失。从这个角度看，维权就是维稳，维权才能维稳。尽可能多地倾听社会各方面的声音，兑现社会公众的表达权，对于维稳大有好处。

在众声喧哗中，尽可能打捞那些沉没的声音，是社会管理者应尽之责。以政府之力，维护弱势人群的表达权，使他们的利益能够通过制度化、规范化渠道正常表达，这是共建共享的应有之义，是构建和谐社会的关键所在。只有这样，才能让"说话""发声"不仅是表达诉求的基本手段，更成为培育健康社会心态的重要环节，成为社会长治久安的坚实基础。

（《人民日报》，2011 年 5 月 26 日）

 **作品赏析：**

新媒体时代的来临，标志着人人都有麦克风，可以发出自己的声音。但在浩如烟海的舆论场中，总有太多的声音沉没。正如文中所言："我们迎来了表达的'黄金时代'，但仍有许多声音未被倾听。"它们是社会最基层、最真实的声音，却与世隔绝，好似远离海平面一般，难以冲破海水而接近新鲜空气。

打通渠道，倾听民众意愿。"表达上的弱势群体，也是现实中的弱势群体"。针对社会亟须关注的问题，本文准确传达出弱势群体的心声，引起社会共鸣，起到稳定民心的作用。新媒体时代下，释放更多的话语权，有利于听取基层民众的意愿、了解他们的利益诉求、协调社会关系。我们应该打捞那些"沉没的声音"，为这些声音找到进入公众舆论领域的合适渠道，让弱势群体的声音真正被听到。

巧用比喻，维护群众利益。文章将社会舆论场比作浩瀚大海，这里面有权威强势的发声、学者专业的见解、媒体聚焦的力量，这些声音如一朵朵巨浪聚焦成为热点。在波涛汹涌的巨浪下，民众的声音被沉浸在大海的底层，而这些"才是决定社会心态的'潜意识''核心层'"。作者巧妙运用比喻手法，生动形象地展现出弱势群体渴望发声的愿望。言辞精简有力、平和易懂，既有利于维护弱势群体的利益、表达弱势群体的声音，又能拉近政府和群众距离、维护社会稳定。

关注民生，主动打捞声音。凡事就怕存在"选择性关注"，就怕选择性地筛选声音，使声音背后的民生诉求滑落"。太多声音的沉没，造成了社会心态的淤塞。因此，不仅要注重倾听，更重要的是主动打捞沉没的声音，"尽可能多地倾听社会各方面的声音，兑现社会公众的表达权"。这就是缓解社会矛盾，构建和谐社会的关键所在。

文章指出，要以政府之力制定制度化、规范化的渠道，自上而下协调好社会机能，稳定社会心态。只有让弱势群体真正地发出声来，切实解决弱势群体的利益需求，赋予其实实在在的权利，才能共建共享社会主义和谐社会，实现国家的长治久安。

（蒙慧林）

不要落下"脱网人群"叶琦 侯云晨 方莹馨

如今,互联网和移动终端全方位融入生活,给我们带来了极大便利。但是,在我们的生活中,还存在着这样一群人:他们由于不会或者不习惯使用网络及移动终端,无法享受网络上的资源和网络给当今生活带来的种种便利。在网络时代,他们显得格格不入。他们中有老年人、农民工、偏远地区的人,被称为"脱网人群"。

脱网人群的尴尬

"每次给孩子打生活费都要老老实实地取号排队,银行的工作人员和孩子教了好多次怎么使用网上银行,但就是学不会,也不放心在网上汇钱,还是上银行放心,也不会出错。"安徽省合肥市西园新村的赵阿姨已经年近 60,虽然家里也添置了电脑,但基本上用来看电视剧。

在合肥蜀山区打工的阜阳大哥刘亚立谈起网络更多的是气愤。"不会上网导致'购票难'了,每年过年回家,小年轻们在网上简简单单地就能订到回家的火车票,而我都得大早上爬起来上火车站排队,还经常买不到。改乘长途客车,不仅票价贵还折腾,今年一定得让年轻人教教我,不然太吃亏了。"刘亚立说。因为不会在网上购买火车票,很多像他一样的返乡农民工还是不得不持续数天排长队购票。

还有一部分人主动抵触网络和各种移动终端带来的快节奏生活、烦冗充斥的信息,甘愿脱离网络,享受自己的"慢"生活。

"我用的手机还是老款,不是智能手机,平时也就打打电话发发短信。我觉得简简单单挺好,把更多的时间留到现实生活当中,所以我家孩子让我装个微信什么的,我都说算了。"合肥市包河区退休教师刘阿姨说。

【析】用智能手机聊天、网购、网上充水电费、上网查信息……对于网络时代的年轻人来说,这些都是再简单不过的事了,这也给大多数人带来了便利。但对于接受新鲜事物较迟缓或受教育程度不高的脱网人群来说,这种便利无形中却成了他们的不便。他们的困难和尴尬,我们不应忽视,更不能嘲笑,而应给予理解和重视。把这些人的不便与需求考虑到高速发展的网络信息化进程中,这才是全社会的进步。

脱网人群如何"入网"

"妈妈学得很认真,自己不停地练习。"

"我每周都会跟父母通电话,然而,长途电话费也确实是一笔不小的支出。"在北京工作的宋听蓉说,"妈妈平时精打细算惯了,每次通电话时,感觉她总有说不完的话,又要把时间压缩到最短,可能是为了给我省点话费吧。"

今年春节回家,宋听蓉用自己的工资为父母各买了一部智能手机,还在家里安装了无线路由器。"趁自己还在家的时候,我教会了爸妈如何使用智能手机。"宋听蓉告诉记者,"妈妈学得很认真,自己拿了个小本,把每一个步骤都记录下来,之后还不停地练习。"

在短短一周的时间里,宋听蓉教会了父亲如何浏览新闻、如何在线打扑克,教会了母亲如何下载音乐、如何网络购物。最重要的是,以后她可以跟父母语音甚至视频聊天了。"这是他们觉得最有价值的一项功能。"宋听蓉笑着说,"后来每次在网上跟妈妈聊天,她总会家长里短地说上一个多小时,总之,她再也不用为我省话费了。"

【析】教父母接触网络,让父母体验信息时代的便利,在现代生活中也可以成为表达孝心的一种方式。帮助脱网人群入网,年轻人应该发挥主要作用,一要用心,二要有耐心,从最基础的开始,让父母在孩子的关爱中融入时代的主流。

"真没想到,这么大年纪的人也会对互联网感兴趣。"

王彬尧是北京一所高校的在校大学生,她的姥爷已经70多岁了。几个月前,王彬尧换了一台新的平板电脑,并把旧的寄回了家,没想到却为姥爷的生活增添了不少乐趣。平日里,老人家获取信息的来源只有电视、书籍和报纸。但是现在的情况大不相同了,互联网已经成为老人家生活的重要组成部分。

"之前真的没想到,这么大年纪的人,竟然也会对互联网感兴趣。"王彬尧说,"我们教会老爷子怎么上网看新闻,他特别喜欢看网友的评论。我们还帮他注册了一个微信账号,他每天都会津津有味地看朋友圈,每一段文字、每一张图片他都会研究很久。"

"网络对姥爷的生活确实产生了很大影响,现在他开始关注一些热点问题,跟我们的交流更多了,思想也不再像原来那样固执了。"王彬尧告诉记者,前一段时间回家,还发生了一件有意思的事。"姥爷说在网上看到了两个词语,但不明白是什么意思,一个是'存款准备金',另一个是'人艰不拆',我耐心地解答了,姥爷很是高兴,接连赞叹网友有才,还说自己是老革命遇到了新问题。看到姥爷这么高兴,这是买多少补品都换不来的效果!"

【析】很多年轻人觉得老年人没必要接触网络,学也学不会,这样的想法可能有些先入为主了。赋闲在家,子女疏离,使上了年纪的人更渴望丰富多彩的生活。而网络的互动性能够帮助他们加强与社会的联系,让他们感到自己并没有被社会忘记。很多时候老年人脱网,不是因为不爱,而是不会。

"我们大社区的电脑班办得太及时了,我把这些操作记在本子上,按步骤操作。"

"老师,帮我看一下,这个QQ视频怎么打开?"5月5日上午,在安徽合肥市包河区滨湖世纪社区世纪微吧里,来自春融苑小区、61岁的梁龙琼老人举手提问。

"老人家您不要着急,按我们刚刚在课堂上学的一步步来。第一步,把与好友聊天的对话框打开;第二步,点击这个像摄像头一样的标志。"安徽三联学院的志愿者张玖洲耐心地在老人旁边指导他操作。"这两个步骤结束之后,等待对方应答。您看,这样就可以了。"看到在视频框中出现的老友,梁老乐得合不拢嘴。

日前,滨湖世纪社区根据老年人的实际需求,在老年大学开设了电脑班,邀请安徽三联学院计算机协会的志愿者,从最简单的开关机开始,一对一、手把手地教老年人上机操作。

据介绍,滨湖世纪社区老年大学电脑班每周开设两堂课。志愿者先为老人们统一讲解简单的理论知识,然后再手把手实践上机操作。"不光是如何上网,还有如何开通手机微信、如何手机上网。只要老人有需求,我们志愿者都尽力帮助老人解决。"

"两年前儿女都去了国外,家中有电脑,可自己不会用。听年轻人天天说QQ、微信,自己完全不懂,干着急。我们大社区这个电脑班办得太及时了,现在我把这些操作都记在本子上,每次跟小孩视频时拿出本子,按步骤操作方便得很。"来自枫丹园小区的饶凤琴老人高兴地说。

【析】从人数上来看,脱网人群并不在少数。脱网人群在网络时代中的不便,不仅涉及个人和家庭,也是一个社会问题。带领他们入网,需要整合社会资源,集中社会力量。春节期间,志愿者走进工地帮助农民工网上订火车票;老年大学开设电脑课,系统地教老人使用网络……这些做法值得推广,体现了社会对他们的关怀和尊重。

(《人民日报》,2014年5月25日)

作品赏析：

　　文章聚焦"脱网人群"这一新时代的特殊群体，将全文分为"脱网人群的尴尬""脱网人群如何'入网'"两个部分进行探讨。年迈的老人、务工的农民、朴实的父母，他们都曾经历过"脱网"的尴尬，他们也正在做好"入网"的准备。作者抓住了这一人群的典型案例，融入自己的情感与观点，绘声绘色地描述出一幅幅"脱网人群"学习并使用网络的画面。他们正在试图通过自己的努力与时代接轨、与社会同步。

　　视角独特，彰显人文关怀。 当大多数人享受着网络带来的便捷时，"脱网人群"却只能失落地站在互联网时代的边上。农民工因不会网络购票，不得不在火车站排着长长的队伍；父母不会用社交软件，只能看着子女沉浸在网络中，无法走进他们的生活；老人不懂网络新词"人艰不拆"，向外孙女找寻答案……更为可惜的是，很少有人关注到他们，而作者正是关注到了"脱网人群"，为他们记录下了生活的改变。文中，女儿教父母、孙女教姥爷、志愿者服务等具体鲜活的案例，向我们证明了只要我们愿意，每一个"脱网者"都将迎来属于自己的网络时代。

　　夹叙夹议，共筑网络时代。 作者采用夹叙夹议的行文方式，在每一个案例呈现之后加以论述和评价，对"脱网"现象及其背后的社会问题进行鞭辟入里的剖析与解读。如介绍完宋听蓉教父母使用智能手机之后，"妈妈学得很认真，自己不停地练习"。作者谈到，"教父母接触网络，让父母体验信息时代的便利，在现代生活中也可以成为表达孝心的一种方式"。不仅父母在学习使用网络，姥爷也紧跟潮流，"上了年纪的人更渴望丰富多彩的生活"。正如作者所说，"老年人脱网，不是因为不爱，而是不会"。网络时代的共建，也是亲情、家庭、邻里关系的共建，让更多的人不再"脱网"，为人们筑起温馨和睦的家园。

　　如今，互联网时代的车轮滚滚向前，我们在享受网络带给我们丰富多彩的生活的同时，也应该维护"脱网人群"的权益，带领他们入网。网络时代，不落下"脱网人群"，这"网"才能真正成为疏通整个社会的"经络"。

（吴丹）

在中国演艺圈打拼的美国人

〔美〕克拉丽莎·塞巴格·蒙蒂菲奥里

1997年，当乔纳森·考斯－瑞德（Jonathan Kos-Read）移居北京时，他成了一名英语教师，或者用他的话来说，"全球化时代的打工仔"。

如今，考斯－瑞德是中国的一名电影和电视人物，他的艺名"曹操"更为人所熟知。在过去15年间，这名美国演员在中国一些最有名的大片里扮演角色，合作的都是中国最受欢迎的演员。

"我在电视上偶尔能看到白人男性，而且他们都不怎么样，"41岁的考斯－瑞德称，"他们不会演戏，中文很差，而且看起来很滑稽。我当时想，你知道的，我可以比他们做得更好。我的中文很棒，我学过表演，我也知道我长着一张中国人会联想到典型美国人的脸。"

1999年，他迎来了自己的大转机，当时他在一本英文杂志上看到了一则招聘西方演员的广告。他赢得了电影《没事找事》（*Looking for Trouble*）中的一个角色，被许以3 000元人民币（合482美元）的报酬。不过，他从未拿到过那笔钱：制片方声称他们"没钱了"。尽管如此，这部电影让他在中国电影业拥有了一些关系，这里的票房仅次于美国，排在全球第二位。2013年，中国电影票房收入达到217亿元人民币，同比增长48%。

考斯－瑞德最新的电影是一部名为《鬼吹灯》（*Ghouls*）的僵尸动作片，涉及他的镜头将在内蒙古的荒野拍摄1个月。不过，他最出名的还是主持北京卫视的《曹操来了》（他让人们在镜头前做傻事），以及在观众喜爱的电视连续剧《北京爱情故事》中扮演的一个浪漫对象。

考斯－瑞德从小开始表演，他在洛杉矶就读的高中以艺术为特长，进入纽约大学（New York University）后转而学习分子生物学。刚来到北京时，他跟自己约定在前4个月内只说中文。他回忆称,那感觉"是孤独的,因为你说起话来就像5岁的孩子"。

现在,他的普通话很流利,而且有个中国妻子——李之茵,夫妇俩有两个女儿:7岁的罗克珊(Roxanne)和2岁的珀耳塞福涅(Persephone)。两个女孩都说双语(罗克珊为她的美国亲戚当同声传译)。

考斯-瑞德很喜欢他的女儿成长于"国际人士杂汤"的现实。这个世界与他在绿树成荫的洛杉矶郊区的童年很不一样。"那时我们在街上踢球,在我7岁时,我以为全世界都是那样的。"他称。

这家人在北京的家是位于顶层的两层复式楼,俯瞰着一汪湖水,这是考斯-瑞德的第二套房。2001年,他收到了一笔15万元人民币的支票,买了第一套房。这是他当时赚过的最大一笔钱。他的妻子——"一个传统的北京姑娘",说服他去投资:当年他们仅用了30万元人民币就买了一套公寓。自那以来,北京的楼市已大幅上涨。

现在的北京与考斯-瑞德在20世纪90年代末刚开始到这里的样子相距甚远。那时,他住的公寓马路对面"只有土豆田,一直延伸至邻近的城市"。作为娱乐活动,他曾去一家名为"The Freezer"的夜店,还有另外一家绰号为"Nightmare"的高人气的迪斯科舞厅。如今,"建筑更高,街道更宽,汽车更炫,但人还是一样,"他称,"感觉就像是这座巨大的城市在人们周围逐渐成长,总是不断地给人们带来意外。"

电影业也发生了转变。早些年"很难找到优秀的电影摄像师、好导演、出色的艺术总监、出色的道具师"。不过,不断壮大的观众群体吸引了好莱坞的注意,后者迫不及待地加入中国宏大的电影浪潮(试图吸引数以百万计的观影者)。"财富在哪儿,人才就在哪儿。所以,中国影片和电影也越来越好看,制作日益精良,也更加专业。"

(《金融时报》,2015年3月12日)

🌼 作品赏析:

乔纳森·考斯-瑞德,从一个名不见经传"跑龙套"的演员,摇身一变成为中国家喻户晓的"美国脸",这背后一定有着精彩的故事和艰辛奋斗的历程。透过本文,读者不仅可以看到主人公一步一步的成长,也可以感受到中国历经岁月的变迁。

"打工仔"创造新生活。考斯—瑞德诙谐地称自己为"全球化时代的打工仔"，从他略带自嘲的话中我们看到一个风趣幽默的大男孩；从"我可以比他们做得更好"，我们看到一个自信满满、顶天立地的汉子；从"那感觉'是孤独的，因为你说起话来就像 5 岁的孩子'"，我们感受到这个大男孩成长背后的艰辛，以及他战胜挫折的勇气。这一切都是值得的，他成功了，并且拥有了美满幸福的家庭。透过第一部被拖欠工资的电影，到第一张 15 万元的支票，我们看到的是一个不断努力、积极进取、克服困难、胆大勇敢、有责任心的男子汉。

　　小人物折射"大发展"。18 年的风风雨雨，不仅考斯—瑞德在成长，中国也在飞速发展。现在的北京已经跟考斯—瑞德初来乍到时的样子"相距甚远"。这里的"建筑更高，街道更宽，汽车更炫"，"总是不断地给人们带来意外"。人们见证了城市的繁荣，城市的发展也同样见证了人们的成长。正是有千千万万个像考斯—瑞德一样努力工作、为自己梦想打拼的普通人，我们的城市才会变得越来越好。"中国影片和电影也越来越好看，制作日益精良，也更加专业"，吸引着国外电影公司"迫不及待地加入中国宏大的电影浪潮"。文化的繁荣，推动了中国前进的车轮，为中国的腾飞注入了活力。

　　在全球化的浪潮中，每个人只有不断努力才能获得成功的机会。在未来，会有越来越多的异乡人、"跨国打工者"，为城市的发展做出贡献。我们期待他们和我们携起手来，共同筑起中国美好的明天。

（靳正超）

数字时代没有瓦尔登湖 〔美〕乔纳森·古思里

　　戴姆勒（Daimler）公司已经准许其疲惫不堪的雇员自动删除度假期间收到的全部邮件。这家汽车生产商的做法凸显了一个众所周知的问题：个体技术（personal technology）可能折磨自我。在重返工作的第一天发现数千封未读邮件实在让人不寒而栗。

　　这并不能归咎于设备生产商、社交网络或移动数据运营商。我们是自食其果：出于职业的和个人的偏执，我们决定同时使用全部这些产品和服务。这种顽疾的症状表现为注意力碎片化，暴露于蓝光所导致的失眠，以及更广阔却也更肤浅的朋友圈。

　　上个月，我在火车上发现了一名典型"患者"。这列火车当时正穿越亨利·戴维·梭罗（Henry David Thoreau）的家乡，马萨诸塞州的康科德（Concord，MA）。这位自然主义哲学家认为，在 19 世纪 40 年代的美国"一些人持续不断的焦虑和压力几乎成为一种不可治愈的疾病"。如同梭罗的诊断，这位当代"患者"随着带宽波动而恼怒地在几个手机之间切换，他还摆弄着一部 iPad 和一个寻呼机。他在组织一次前往印第安纳波利斯的商务旅行。他真应该在康科德下车，然后把他的设备都扔到瓦尔登湖（Walden Pond）里去，也就是梭罗从现代生活退隐后游泳的湖泊。

　　每一场技术革命都会引发相应的反对。梭罗在一定程度上反抗当时经过（现在也依然经过）瓦尔登湖的铁路。这条铁路不仅是用一种他觉得没有必要的方式把美国人重新分配到各个地方（其中一些人无疑是在前往印第安纳波利斯的商务旅行的途中），还刺激了书信形式的文字交流。梭罗认为其中绝大部分只是浪费时间而已。类似的，当大批量生产成为 19 世纪的大潮之时，威廉·莫里斯（William Morris）和约翰·拉斯金（John Ruskin）等英国辩论家希望将这股浪潮推回去。

迄今为止，对侵入式的信息技术的反抗才刚刚抬头。一些加州的咖啡馆禁止使用谷歌眼镜，他们认为这是一种伪装成眼镜的间谍器材。还有一些零星的针对互联网色情内容比重的媒体风暴。几年前，德国歌手克里斯·科斯莫（Cris Cosmo）有一首小有名气的单曲 *Schiess auf Facebook*，歌曲是抨击 Facebook 的，但正是社交媒体帮助促成了这首歌的成功。当代的梭罗们还没有拿出凝聚人气的数字排毒哲学。这显然是一块市场空白。

梭罗的部分论点在于反消费主义，这有助于抗衡"苹果最新产品足够回报一周工作 50 多个小时"的观念。归隐山林后，梭罗仅花费了 62 美元便度过了第一年。其中还包括建造小屋的费用（尽管梭罗没有选择租房子）。

1930 年，英国经济学家约翰·梅纳德·凯恩斯（John Maynard Keynes）从一个略微不同的角度来探讨工作与生活的平衡。他认为，工业生产率的提高最终会使英国人每周仅需工作 15 小时。他的想法和梭罗相同之处在于，他们都认为比起得到更多的商品和服务，人们更想要更多的休闲时间。

但大部分人并非如此。戴姆勒公司的员工也是这样。顶级汽车与便宜的汽车在功能上并无太大区别，但若没有对顶级汽车的需求，他们也就失业了。这场辩论集中于经济活动成果的不公平分配上，而非闲暇时间的不公平分配。如果依据后一个标准，一个典型的银行家在勉强度日，而一个苦苦挣扎的演员则享用不尽。

梭罗认为大多数人都生活在默默的绝望中。但他没认识到的是，只要大众认为隔壁邻居的人生比他们自己略微更加绝望，他们就不在乎这种状况。

我在康科德站下车，而那个手忙脚乱的商人继续坐着火车飞速前行。如今的瓦尔登湖很繁忙，如果现在梭罗还每天游泳的话，可能会撞到某一艘皮艇。但是，在树林深处还有一个令人满意的孤寂的池子。被数字生活搞得神经紧张的人可以坐在水池旁，忘掉自己系统中的二进制数字。

短暂地逃离现代性之后，我精神振作地回到了收件箱满满、每天工作 11 个小时的生活，带着两部手机、一部黑莓（BlackBerry）、一部 iPad 穿梭于家中的电脑和工作地点的电脑之间。前往印第安纳波利斯的商务旅行看来不可避免。

（《金融时报》，2014 年 8 月 26 日）

作品赏析：

数字时代给人们的工作与生活方式带来了诸多变化。越来越丰富的数字产品和越来越人性化的数字服务，被广泛应用于工作与生活的各个领域。本文洞悉了数字时代给人们带来的隐患，结合《瓦尔登湖》的核心思想，标新立异地指出"数字时代没有瓦尔登湖"，引人关注。如果说"瓦尔登湖"是回归自然、崇尚诗意质朴生活的代名词，那么"数字时代没有瓦尔登湖"这一说法，则是对生命纯真、生活纯粹的强烈呼唤。

直击问题，揭示数字时代的危机。文章以一家公司准许"雇员自动删除度假期间收到的全部邮件"为新闻由头，道出当今社会存在的普遍问题——"个体技术可能折磨自我"。随后，作者犀利地揭示造成这一现象的原因——人们"自食其果"，"决定同时使用全部这些产品和服务"。他引用梭罗的观点，把被数字产品与服务所紧紧包围的人称之为"患者"，并指出当代"患者""随着带宽波动而恼怒地在几个手机之间切换"，认为"患者"应该将"设备都扔到瓦尔登湖里去""忘掉自己系统中的二进制数字"。本文用直白平易的语言，直抵问题本质，展现了数字时代对人的侵蚀，揭示出数字时代的危机。

对比分析，呼吁"瓦尔登湖"的回归。文中指出"每一场技术革命都会引发相应的反对"，通过对比当今时代与技术革命时期人们的不同反应，描述梭罗、威廉·莫里斯和约翰·拉斯金等人对工业浪潮的反抗，批判当代人们还没有拿出"数字排毒哲学"。本文还分析了梭罗与凯恩斯对"工作与生活的平衡"的异同看法，二者对闲暇时间分配的看重，与现今人们对经济活动成果分配的重视形成鲜明对比，深刻反映出数字生活对人的压抑和扭曲。相比对休闲时光的渴求，现今人们渴望获得更多的经济利益回报。"如今的瓦尔登湖很繁忙""但是，在树林深处还有一个令人满意的孤寂的池子"，表明了作者对人们打破现实束缚、回归纯澈生活的期望。尽管数字时代不可逆转，但人们可以选择"坐在水池旁""短暂地逃离"，静赏世界的美好。

（陈曦）

那一夜,我们没有采访 李安江 郭晋嘉 杜远

"我的孩子已被埋了 10 小时了""你们快点想办法啊……"

5 月 12 日,我们作为中新社报道灾情的第一梯队在行至绵竹汉旺镇时,第一时间目击到东方汽轮机厂中学垮塌校舍的惨状。"救救我!"垮塌的房屋中,不时透出被埋学生凄惨的呼救声。天一直飘着小雨,焦急的家长无助地围在废墟前,哭成一片。

前来采访的我们,面对那一张张泪脸,面对他们哀求的目光,一时不知所措。采访还是救人?这个新闻课堂上的道德问题,从未像现在这样来得如此突然。我们放下了手中的相机,此时任何的采访行为都和这里的气氛格格不入。"救人,十万火急",但在坍塌的钢筋水泥面前,我们也束手无策。

"快点救人,快把这里的情况报告出去",有人向我们喊着,我们一路狂奔,终于走到了一个有手机信号的地方,立即用已经拨得发烫的手机发出了求救信息。

一夜折腾,已近黎明,我们这时却找不到返回的路,盲目前行中又遇一灾民安置点,我们正准备下车采访,一对焦急的夫妇直扑过来,"救救我们的孩子,求求你们",急切的话语近乎哀求。窝在妈妈怀中的小孩满脸是血、双眼微闭,只能喃喃发出不明呓语。情况紧急刻不容缓,顾不得采访任务,我们又即刻开车送他们前往绵竹市区寻找医院。

副驾驶座的记者不停催促司机"快点,再快点",坐在后座的女记者一只手紧握男孩母亲发抖的手,一只手轻抚男孩的额头:"坚持住,会好的。"三公里①路程,我们知道,这是在和死神赛跑。

已经停电的绵竹市内一片漆黑,我们将男孩送到当地一个医疗点门前,司机打

---

① 编者注:1 公里即 1 千米。

开汽车大灯照亮进入医疗点的道路。此时，我们突然发现，刚才忙着救人，把我们的一个同事丢在了路上。

经过近一小时寻找，终于在绵竹市人民医院门口一条躺满伤者的街道上看到了同事熟悉的身影。此时的他，已将相机和笔记本放在一旁，正和几名护士将一名满身是血的重伤者抬上救护车。

那一夜，我们没有感到孤单，我们搭车的的士司机，就是来自绵竹的前往灾区献血队伍中的一员。

这一夜，我们几乎没有完成一个采访。

（中新社成都，2008 年 5 月 18 日）

作品赏析：

这篇新闻以第一人称的表述方式，完整地交代了中新社三位记者勇闯地震灾区，想方设法向外界通报严重灾情，并竭尽所能运送、救助伤员的过程。文字简洁朴实，现场感强，体现了新闻工作者的人文情怀和社会责任感。

引人入胜的导语·卒章显志的结语。 新闻导语一般承担着引导新闻主题和吸引读者的双重使命。本文在开头写到"我的孩子已被埋了 10 小时了""你们快点想办法啊……"，简短的导语既引出了下文记者"拯救生命"的全过程，又渲染了地震发生当晚救人的紧张气氛，给读者留下了鲜明的印象。"这一夜，我们几乎没有完成一个采访"，这是文章的最后一段，也是文章的最后一句话。作者以简洁的语句收束全文，卒章显志，照应了文章的题目——"那一夜，我们没有采访"，使文章结构浑然一体，达到了以"少"胜"多"之功效。

人性大爱的高度·道德伦理的典范。 三位记者冒雨抵达灾区，目击了当地地震后的惨状。面对一张张泪脸和哀求的目光，"采访还是救人？这个新闻课堂上的道德问题，从未像现在这样来得如此突然"。记者的责任本是采访，但大难来临，生命濒危，记者的直觉告诉他们：最要紧的是救人！于是他们放下了相机、笔记本，放弃了采访的黄金时刻……参与到救人和运送伤员的队伍中，以至于"几乎没有完成一个采访"，因为此时任何的采访行为都与当时紧张的救人场面格格不入。行为和职责产生了矛盾，职业道德服从社会伦理道德，也许有人会说他们"失职"，但是作为人，他们真实地展示了人性大爱的高度。

耐人寻味的细节·深厚饱满的情感。 本文的细节描写蕴含新意、发人深思、耐人寻味。如"已经拨得发烫的手机",既说明了灾后现场信息不畅通,又暗示了记者频繁用手机发送求救信息。"女记者一只手紧握男孩母亲发抖的手,一只手轻抚男孩的额头:'坚持住,会好的。'"这一动作和语言的细节描写,把记者对他人的关心以及内心的焦急表现得淋漓尽致。"司机打开汽车大灯照亮进入医疗点的道路",这一场景描写体现了普通民众心系灾区、关爱他人的善良品质。"将相机和笔记本放在一旁,正和几名护士将一名满身是血的重伤者抬上救护车",表现了记者把救人放在第一位和对受灾群众的无私救助。

本文成功地为新闻工作者树立了一个新闻道德伦理的典范。记者无论在什么时候,职业属性都应从属于人性、从属于良知,尤其在灾区群众亟须人们伸出援手的时候。一份温和的关爱,一种及时的帮助,或许才是一篇精彩报道真正的精神内涵。

(刘丹丹)

微笑，并保持微笑 尚德琪

不久前，一位朋友发来一条手机短信，用4个英语单词对"SARS"进行了全新的解释：Smile And Retain Smile。并注明它的意思："微笑，并保持微笑。"无独有偶，5月8日《南方周末》上的一则公益广告，其主题内容正是这4个英语单词和这一行简单的汉字。

在"非典"肆虐的紧要关头，这种不乏幽默的"另类释词"，不仅表现了一种智慧，也传达出老百姓在抗击"非典"过程中的生活态度和精神状态。

"非典"是一场突如其来的灾难，微笑是一种司空见惯的表情。"非典"不是微笑的唯一理由，却使微笑更具魅力。

医生的微笑是一种坚定

著名摄影家解海龙曾为"希望工程"捕捉了一双充满渴望的"大眼睛"，在"非典"时期，他又"捕捉"了一双饱含微笑的大眼睛。《北京青年报》5月10日发表了解海龙拍摄的北京佑安医院传染科主任孟庆华在抗"非典"前线的特写照片。孟庆华戴着大口罩，戴着护士帽，能看到的只有一双大眼睛。但眼睛中所流露出的微笑，是那么的不经意，又是那么的深情；是那么的从容，又是那么的坚毅。

解放军302医院9位护士姐妹经过一个多月的艰苦鏖战，于5月初走下了抗"非典"第一线。24岁的段艳蕊在回顾这一段经历时说："虽然隔着口罩，病人看不清我的脸，可我相信，从我的眼神中，病人能感受到微笑。"（《人民日报》5月12日）

广东省中医院二沙分院急诊科护士长叶欣，在抗"非典"第一线以身殉职。但是，她在护理过程中那天使般的微笑，却永远留在了患者的心中。今年护士节落成的叶欣雕像，使她的笑容变成了永恒：叶欣依然身穿护士服，依然面带微笑。那微笑曾经给许多患者以希望，也必将给更多的患者以希望。

法国哲学家阿兰在他最著名的著作《幸福散论》中说过："在医生的药箱里，没有别的药品比微笑更能带来迅速、和谐的疗效。"在抗击"非典"第一线，医护人员充满坚定的微笑，传送的正是病人最需要的感染力。

患者的微笑是一种信心

在电视荧屏上，在各种报刊上，几乎每天都能看到"非典"病房里的画面。和医生一样，病人也都戴着大口罩。但是，不用语言，病人们同样能表达他们的情感。在对医护工作表示满意时，他们会微笑着竖起大拇指；在向外面的世界传达他们的状态时，会微笑着伸出两根指头，做出必胜的手势。

住院的人，谁都会觉得外面的世界很精彩。但从患者的微笑中，我们知道里面的世界也并非很无奈。一位患者说过，"非典"可能夺去人的生命，却无法夺走人的信心。如果说"非典"病魔终被战胜，那么首先就不能在精神上输掉。从病人的微笑中，我们能读出迎战"非典"的乐观，也能读出战胜"非典"的信心。

大家的微笑是一种平静

《北京日报》4 月 30 日刊发了一组反映"非典"时期北京人寻常生活的图片。微笑可以说是这组图片的主题。一位女孩的特写照片特别引人注目，大大的口罩遮住了她的大半个脸，"严防死守"4 个字则占据了整个口罩。但大大的口罩更加突出了那双满含微笑的大眼睛，"严防死守"4 个字则使她的微笑更加生动感人。

突如其来的"非典"改变了我们的生活，但"非典"时期的日常生活中，仍然处处荡漾着微笑；"非典"时期的内心世界中，仍然需要一片宁静的天空。

"赠人玫瑰，手有余香。"微笑的感染力是互相的，也是无限的。不吝微笑的人，必将从微笑中得到更多。

我们应该多问问别人，也多问问自己："你的心情，现在好吗？你的脸上，还有微笑吗？"（一首流行歌曲的歌词）

我们应该多提醒自己，也多提醒别人："让我们把手洗干净，然后握得更紧；让我在 18 层口罩后面，看看你微笑的眼睛……"（一则正在流行的"民谣"）

微笑，并保持微笑。

我们一定会笑到最后。

（《甘肃日报》，2003 年 5 月 22 日）

作品赏析：

2003年，"SARS"这个词汇像魔鬼一样带给人们铺天盖地的恐惧。《微笑，并保持微笑》这篇社会评论便发表于"非典"最为肆虐的时期。在那段灰色的日子里，人们的心情是凝重的，情绪也是异常紧张的。"微笑"这个看似与灰色气氛不符的主题，却引起了人们的关注。

用"微笑"打开希望的大门。作者在文中并没有着重表现"SARS"的恐怖，也没有描述这场灾难带给人们怎样的苦难，而是借朋友发来的短信和某公益广告对"SARS"进行了全新的解释：Smile And Retain Smile——"微笑，并保持微笑"。身处恐慌气氛里的人们需要"微笑"的智慧与精神作为信念支撑，需要用积极乐观的心态来战胜"非典"。无论医生还是病人都会在"微笑"中寻获力量与希望，正如文中所说："这种不乏幽默的'另类释词'，不仅表现了一种智慧，也传达出老百姓在抗击'非典'过程中的生活态度和精神状态。"此时，"微笑"已不仅仅是人们脸上的表情，更是惊恐的人们打开希望之门的钥匙。可以说，这篇评论在开头便用一个大大的微笑给陷入恐慌的人们带来了一道曙光。

用"微笑"传递乐观与信心。作者以"微笑"为线索，分别从医生、患者、大众三个方面来搜集素材，将这些"微笑"组成画面，让这一系列"微笑"鲜活起来，让读者从这些真实的"微笑"中感受乐观的态度与战胜"非典"的信心。医生坚定的微笑带给患者安心，患者充满信心的微笑带给大家勇气。微笑作为一种坚定、信心和平静的符号被传递着。"虽然隔着口罩，病人看不清我的脸，可我相信，从我的眼神中，病人能感受到微笑"，年轻护士的话语，不仅饱含着对患者的关怀与体贴，更表现了医护人员面对"SARS"肆虐时的乐观和自信。

在那个"全民皆'非典'""谈'非典'色变"的特殊时期，作者用那些面对"非典"却仍然保持乐观态度的公民形象带给读者力量。他用"微笑"给大家打气，用"微笑"谱写出一篇关于生命的乐章。"非典"已经远去，但那种对抗"非典"的乐观态度仍然是人们所需要的，"微笑"也应该继续保持下去，让我们"微笑，并保持微笑"。

（张舒）

17 分钟：一次成功的营救〔美〕切尔西·J.卡特

　　一个池塘里，一辆车正在缓慢下沉，车里困着 4 岁的莱恩。在冰冷的水中，一名男子游到了车后窗，用力地想要砸碎玻璃……

　　和莱恩一样，那些想要救他的人自己也遇到了麻烦：一名女子脸朝下浮在水面上；另一名男子已经沉到了水里，毫无知觉；一名警察正在努力地拨水，想要浮出水面……莱恩紧紧地抓住了座椅的靠背。他的手指早就被冻得毫无血色。

　　这时，水已经快淹到他的脖子了。

　　如果你是在电视上看到这一幕，那么它一定是用慢镜头播放的，而且会配上激扬的交响乐，感觉就像在看一场芭蕾舞剧。但是，当这一幕发生在现实生活中时，一切就会变得混乱不堪。对于莱恩·艾什勒曼来说，那有可能成为他生命中最危险的十几分钟。当时在场的一共有 17 个人，每个人心里都是一团乱麻。关键时刻，6 名男子和 1 名女子置个人的安危于不顾，竭尽全力去营救这个孩子。你可以说他们是英雄。但在那个危急时刻，他们根本没有想这么多。人总是能在不自觉中发挥出极大的勇气。生活就是这样奇妙。

　　故事发生在佐治亚州南部一个人口大约 16 000 人的小城——蒂夫顿。那是 2 月 11 日，星期二的中午，天气晴朗，气温在华氏 40 度①左右。

　　莱恩的外婆，佩姬·卡多娜，是"完美外表"发廊的美发师。那天早晨，因为快要迟到了，所以她急急忙忙地把车开进了蒂夫顿购物中心后面的停车场。在停车场的后面，有一个大约 40 英尺长的斜坡，面对着一个长约 150 米，有足球场那么宽的蓄水池。卡多娜的车是一辆 1990 款的尼桑车。这辆车的自动变速箱出了一点问题，每次当档位放在停车挡上时，齿轮就会卡死。所以，卡多娜习惯于在停车的

　　---
　　① 编者注：1 华氏度约为 −17.22 摄氏度，华氏 40 度约为 4.4 摄氏度。

时候不挂停车挡,而是直接拉上手刹。然而,偏偏就在这一次,她忘记了拉手刹。就在卡多娜想打开后车门把莱恩抱出来时,车突然向前滑动,冲下了斜坡,一头扎进了蓄水池。"外婆!外婆!夕婆!"莱恩在车里害怕得大叫,他伸长了脖子想要再看一眼他的外婆,但他已经看不到了。

德文·巴登,23岁,一名身材瘦长的黑发青年,当时正坐在发廊的椅子上,等卡多娜来给他理发。从14岁起,他就一直到这里来理发。

在发廊的隔壁,是一家指甲吧,30岁的大卫·范正在给顾客上指甲油。

他们几乎同时听到了呼救声:"来人哪!来人哪!车掉进水里了,我的孙子在里头呢!"

大卫·范是一名越南移民,几乎不会说英语,但凄惨的呼救声还是让他明白发生了危急的事情。他和巴登赶紧从屋里跑了出来,正好遇到了刚来上班的范的妹妹,28岁的查琳。

他们3人跑到了蓄水池边,毫不犹豫地跳了下去。

紧随他们而来的是23岁的克林特·范登和22岁的丹尼尔·塔克。他们都是附近温迪克西超市的售货员。当时,他们正在超市外休息。范登拿出一支烟正要点上,突然听到了呼救声,他扔下烟,和塔克立即跑了过来。

范登没有顾上脱掉外套和笨重的靴子,就一下子跳进了水里。水太冷了,他觉得就好像有一把大钳子紧紧夹住了胸部,让他无法呼吸。在他从水里浮出来的时候,他的头甚至感到剧烈的疼痛。

塔克在水池边停了一会。他对卡多娜说:"我不大会游泳。但总得有人救孩子。"

于是,他慢慢地走进了水池,然后开始向车子游去。在这个时候,范和巴登已经冻得撑不住了,他们开始掉头往岸上游。

"喂!把车门打开!听见了没有?快把车门打开!"范登朝莱恩大喊。这时,莱恩正在用力拉拽着幼儿保险锁,而水已经淹到了他的腹部。范登急得用拳头使劲砸车窗。

迪克·麦克兰,32岁,贝尔克百货商店的经理,听到呼救声后,也立即向池塘跑去。在水池边,他看见一个穿着白衣服的女子拿着一把锤子正要往车子扔去。在水里的范登急得大叫:"不!不要扔!喂!你(麦克兰)!你把锤子拿给我。"麦克兰此时已经脱掉了运动外套,但来不及脱掉他的皮鞋、领带、衬衫和裤子。他一头扎进了水里,冰冷的水让他感到全身麻痹。游到一半的时候,麦克兰想:"天哪!也许来不及了。"范登朝着他大喊:"快点!快点!"那辆尼桑的车头此时已经完全没进了水里。水已经淹到了小莱恩的胸部,并且还在不断上升。眼看就要到了,麦克兰用尽全力把锤子向范登递出去,范登一个侧身,把锤子一把抓了过来。

范登把锤子高高举起,用尽全部的力气重重地砸在了车窗上。玻璃破了。

佐治亚州巡警温德尔·曼宁在收到 911 报警后,以最快速度赶到了现场。他从车里冲了出来,一边跑,一边把自己的武装带解下扔在了地上。在水池边,他看见范登已经打碎了玻璃,同时也看见范登的同伴,塔克,正在一旁挣扎。他赶紧跳进水里。冰冷的水让他感到呼吸极为困难。由于他忘了解下脚踝部绑着的那支手枪,他在水里几乎寸难行。由于不大会游泳,极度恐慌中的塔克拽住了曼宁,弄得两个人都开始下沉。不得已,曼宁只好先把塔克推开。就在这个时候,正好经过这里的查理·莫克看见了"这混乱的一幕"。他看见查琳·范脸朝下浮在水面上,于是立即跳进水里,向她游去。他把查琳翻过身来,用一只手搂着她的脖子,向岸边游去。离岸边还有大约还有 15 英尺左右的时候,他的脚碰到了一个软绵绵的东西。他用另一只手向下抓去,结果抓住了一把头发,把塔克从水里拉了上来。就在这时,曼宁也已经缓过劲来。他抓住了塔克,和查理一起向岸边游去。快要到的时候,岸上的人七手八脚地把他们拽了上来。

打碎玻璃后,范登和麦克兰——一个超市售货员和一个百货商店经理迅速地把莱恩从后座上拽了出来,并让他骑在了范登的背上。

范登做了三次深呼吸,然后开始向岸边游去。麦克兰游在他的身边。就在他们游开了不到 2 英尺,那辆车就整个地沉了下去。"嘿!哥们!你来背他吧!我已经没劲了。"范登对麦克兰说。

此时,他们身上的每一块肌肉都感到剧烈的刺痛。在这样冰冷的水里,每一个动作对他们来说都是一种折磨。快要到岸的时候,岸上的人及时把他们拉了上去。急救人员及时给丹尼尔·塔克做了人工呼吸。大约一分钟后,塔克吐出了几口水,缓缓地醒了过来。他跳进蓄水池后,很快就失去了知觉。后来,他在医院接受了六天的治疗才完全康复。

查琳·范也被送上了救护车,除了救小莱恩外,她什么都不记得了。在她身边躺着的是她的哥哥。

现场到处是急救人员、救火员和围在那里驻足观看的人,范登和麦克兰穿过了人群，他们在贝尔克百货商店里换上了干净衣服，握了握手，然后就各自返回了工作岗位。

曼宁开车回到了警察局，换了身衣服。还没有剃头的巴登则回到家里。"外婆！外婆！"莱恩哭着向卡多娜跑去，紧紧地抱住了她。

"我的漫画书。呜！"

万幸的是，那个池塘吞没的只是那辆车和他的漫画书。

两天后，大部分参与了营救小莱恩的人聚到了一起。这次是拍照。他们彼此握手，回味着当时的一幕幕情景，不时爆发出阵阵大笑。原来平凡的生活里也能出现英雄。"根本没有时间去想，当时需要的是行动。"范登是这么想的。

（《如何成为顶级记者：美联社新闻报道手册》，中央编译出版社，2003 年）

🌸 **作品赏析：**

美联社特写新闻部主任布鲁斯·德西瓦尔说："没有场景描写，故事就没法讲。"本文几乎就是一篇由场景描写构筑起来的"新闻故事"。作者以流畅的镜头化叙事，串联起一个个紧张刺激、平实普通的场面，书写着平凡中的不平凡。

镜头式叙事，制造强烈的感官刺激。 整篇新闻将一个个镜头、场面、情节用蒙太奇的手法组接起来，制造出强烈的视觉冲击力和艺术感染力。如新闻开篇就以镜头语言描绘了 4 岁的莱恩被困在水下的车中，救他的所有人和警察都处于困境中的场景：一名男子游到了车后窗，用力地想要砸碎玻璃；一名女子脸朝下浮在水面上；一名男子已经沉到了水里，毫无知觉；一名警察正在努力地拔水，想要浮出水面；莱恩紧紧地抓住了座椅的靠背……作者将众人救人和莱恩求救时千钧一发的场景展现在读者眼前，极富画面感、真实感和现场感。

除了蒙太奇手法，新闻还多处采用了特写镜头，使新闻细节视觉化、形象化。如范登"拿出一支烟正要点上，突然听到了呼救声，他扔下烟，和塔克立即跑了过来""没有顾上脱掉外套和笨重的靴子，就一下子跳进了水里"，麦克兰"来不及脱掉他的皮鞋、领带、衬衫和裤子""一头扎进了水里"，范登"把锤子高高举起，用尽全部的力气重重地砸在了车窗上"……扣人心弦的救人场面基本上是由细节构筑的，大段的白描将场景刻画得非常逼真。可以说，流畅的蒙太奇手法，精细的特写镜头，将整个救人场面如电影画面般呈现出来，让读者在感官的刺激下体验到故事的惊心动魄。

客观化抒情，揭示平凡中的不平凡。如果说视觉的画面呈现意在带给读者感官的刺激，那么画面背后的人性美则是作者给予读者的一场心灵洗礼。为了展现朴素的人性美，作者开头对人物的介绍都从他们的生活入手。德文·巴登"坐在发廊的椅子上，等卡多娜来给他理发"，大卫·范"正在给顾客上指甲油"，克林特·范登和丹尼尔·塔克都是"附近温迪克西超市的售货员"……他们都是平凡人，却在不平凡的时刻做了不平凡的事。正如作者的评价："你可以说他们是英雄。但在那个危急时刻，他们根本没有想这么多。人总是能在不自觉中发挥出极大的勇气。"作者并不是为了拔高他们的精神而做此番抒情，这是一种客观的抒情，因为他们的心理与营救受困孩子时的所作所为是那么的契合。

新闻的结尾这样写道："范登和麦克兰穿过了人群，他们在贝尔克百货商店里换上了干净衣服，握了握手，然后就各自返回了工作岗位。"一场惊心动魄的救人事件在他们看来那么寻常、那么不足为道、那么理所应当。一如范登当时的想法："根本没有时间去想，当时需要的是行动。"是的，平凡的生活里也能出现英雄。

（洪亚星）

努力恢复绿色的海洋 〔美〕丹尼斯·法内

堪萨斯，亚尔马——

野花装点着绿草，在微风中荡起涟漪；轻轻闪动着的画卷，在辽阔的中西部天空下伸展。

这是晚春时节的草原。山坡上斜阳斑斓，野云雀在婉转歌唱，原野里薄暮苍茫，牛群在哞哞鸣叫。一切都是那样宁静、安详。这是一幅柔和幽雅的风景画·披着绿装的山冈，灌木丛生的峡谷，逶迤起伏，伸向地平线的远方。

这样的地方，似乎不会发生任何引人注目的事件。然而，草原内外潜移默化的进程，却在告诉人们某种信息，说明这个民族的情绪正在变化。

有人认为，这种现象反映了人们的深切忧虑，他们对 15 年来社会变化的紊乱步伐感到茫然，向往一种简单的、经久不衰的东西。也有人认为，这只是一种标志，说明环境保护运动有了长足的发展，不仅重视引人注目的东西，而且也赏识不太惹人注意的景物了。不管怎么说，喜爱草原景色的倾向正在增长，而在美国历史上的大部分年代里，人们只知道把它清除、翻耕。

就在堪萨斯州的弗林特山系，这个纵贯全州的 50 英里宽的地带，环境保护工作者正在争取建立一个国家高草草地公园。它将保留曾被移民们征服过的那种草地，形成一个由 9 英尺高的绿草组成的海洋，这些高草盘根错节，将使任何一个垦荒者犁毁刀折。

另外一类草原生长的野草较短，在大平原的大片干旱地区里仍然存在。但是，从俄亥俄州西部到堪萨斯州东部，一度占据着大部分湿润地带的高草草原，却早就在耕犁下荡然一空。除了某些表土层过薄、无法耕作的地方以外，全都成为玉米地带了。

人们常常有一种误解，认为草原总是平坦的，其实大部分草原存在着高低起伏。另一种误解则认为草原是单调的、清一色的野草。实际上从 4 月到 10 月之间,原始草原上总有二三百种五彩缤纷的野花争妍斗艳。不过首要的一点,草原是个极其开阔的境界。在那儿,孤寂的风车在永不停息的风中转动,红尾巴的鹰隼在空旷的天空盘旋,整个世界一望无垠,分不清哪里是它的边沿。

草原的空旷开阔,既使人感到鼓舞,又使人望而生畏。"在那天地之间,我感到已被大自然涂抹、勾销",威拉·卡瑟在《我的安东尼娅》这部描写定居草原的小说中这样写道。所有这些有关草原的小说以及早先草原征服者的信件和日记里,都流露着一种矛盾不安的心理:不是陶醉于草原的寂寥、宁静,就是震慑于那里的荒凉景象、严寒飞雪、有气无力的风和炙人的太阳。

或许只有现在,当草原已被犁耙、空调设备和州际公路征服以后,人们才能安然地欣赏草原的严峻的美。或许这正是一场新的运动之所以在这几年兴起的原因,这场运动在草原几乎荡然无存的伊利诺斯、艾奥瓦等州,显得最为高涨。这就是重建草原的运动,参与其间的人们来自各种阶层。他们正在利用种子、依靠耐心,努力在翻耕过的土地上恢复原始草原的本来面貌。

这可不是那些急功近利的人惯于做的事。要重新栽种原始草原的野草是很困难的,至于那些野花,有许多几乎不可能栽成。有些科学家估计,要恢复到原始草原那样的完好状态,可能需要 300 年,还有些人认为需要 500 年时间。这是一门无法确切计算的科学。

然而重建草原的运动仍在继续发展。实际上现在中西部每个大学和学院,似乎都有一小块基地,用来重建草原。更为令人惊异的是,越来越多的人正在集合起来辛勤耕作,从学术界人士到退休农民,从瘦小的老年妇女到麦迪孙大街上的广告员,真是形形色色,什么人物都有。

这一切也可能是某种更为广泛的现象的一个组成部分,是美国人为了防止未来的震荡而采取的多种措施中的一种。有一个在这问题上很有权威的人物就是这么认为的。

"人们期待着某种能给他们带来安全、连续和持久感的东西",重建草原运动中一位爱做哲理分析的活动分子吉姆·威尔逊大胆地这样推断。他原先是个萨克斯管演奏家、骑摩托车去亚撒哈拉地区的探险家,当过英语教授和农场主。在大半生安然度过以后,现在是内布拉斯加州波尔克城的一名作家和花草种子商。

吉姆·威尔逊同他的妻子艾丽斯多年来一直向牧场主和农场主出售草籽,这些人是为了通常的赢利需要而种草的。但是最近几年内，新的一类顾客的订单像潮水般涌来。这些人之所以栽种草原的花草，似乎纯粹出于一种事业感。"他们用诗歌的方式来思考，"吉姆·威尔逊解释道，"而那些农民则是用散文的方式来考虑问题的。"

重建草原的种种活动可能会、也可能不会持续 300 或 500 年，一直到大自然缓慢地恢复起威拉·卡瑟时代大草原的旧貌。那个堪萨斯州弗林特山系的国家高草草地公园计划，可能会、也可能不会被关卡重重的国会所通过。它现在已经遇到了障碍，正像一般的国家公园计划在最终通过以前总会遇到种种阻力一样。

但是在整个美国确实有一些微妙的事情，它们正在许多意料不到的地方，以种种意料不到的方式发生着。从这个城市到那个城市，人们热衷于恢复古老的房舍屋宇，而不是把它们清除拆毁。手工艺品比以往任何时候都更加时髦风行。几十年来初次出现这样的现象：人们渐渐从城市迁往小镇和乡村。这一切都不可能是偶然的巧合。

人们似乎都在寻求那些可靠的、经久不衰的东西。他们似乎总想为自己做些什么。他们似乎相信这样一点：如果这个世界被不计其数的问题弄得支离破碎，那么，人们依靠各自的或者联合的力量，通过无数细小的途径，仍然有可能把它重新编结到一起。

对于这些同精致的玻璃罐、草原上的金光菊相关联的平静而短暂的发展进程，做过多的主观臆测无疑是不正确的。但是这些发展进程并不是毫无意义或者叫人悲观的。而且，在我们的政府领导人被某些事件弄得惶惑沮丧的时候，这些现象可能正好是衡量民族情绪的一个较为真实的准绳。

（《华尔街日报》，1975 年 6 月 6 日）

 **作品赏析：**

本文用诗意的语言描绘出辽阔的绿色海洋，用理性的思考串联起人与自然的关系。在重建草原的运动中，人们用心去呵护草原的未来，无论是 300 年还是 500 年，这样的坚持也让人们的生活、整个民族的进程悄然发生着变化。

诗情画意·渲染绿色海洋。 "野花装点着绿草，在微风中荡起涟漪"，文章开头仅用寥寥数语就勾勒出北美草原风光的清新柔美，让人们期待着"绿色海洋"的壮阔。这片辽阔的草原一望无垠，野花在争艳、鹰隼在盘旋，远方传来野云雀的歌声、牛群的低鸣，"一切都是那样宁静、安详"。被誉为绿色海洋的草原，不似潭水般平静，更像海洋般跌宕。草原上不仅有"单调的、清一色的野草"，还有如宝石般璀璨的"二三百种五彩缤纷的野花"。草原纯澈的力量影响着人们，草原悠扬的旋律深深地印刻在人们的心中，让"他们用诗歌的方式来思考""用散文的方式来考虑问题"。这片绿色海洋延绵至天际，流淌进人们心中。

草原的运动·重建心中家园。 绿色海洋的重现，离不开这场波澜壮阔的"重建草原的运动"。文中详细描述了弗林特山系的国家高草草地公园的重建计划，在这一运动中，每一个人都参与其中。从学术界人士到农民，从老年妇女到城市广告员，他们用辛勤耕作的汗水、用等待 300 或 500 年的"耐心"，去进行这场恢复绿色的"草原运动"。在这千万人之中，作者聚焦到一位作家兼花草种子商人身上，从他的视角去讲述身边微妙的变化、去感受人们所期待的"安全、连续和持久感的东西"。古老房屋的修复、手工艺品的流行、人们从城市迁往乡镇，这些现象不是"偶然的巧合"，而是人们在这场运动后，感到对"支离破碎"世界的不满，想要共同去寻求一种"可靠的、经久不衰的东西"。这种"东西"是久违的纯真朴实，是支撑精神世界的信仰，更是人与自然的和谐共处。

文章用散文的笔法叙写新闻，由草原的"宁静"引出人们的"变化"，将绿色海洋的美景与人类的共建相联系，字里行间流露出对自然之美、哲思之美的追求。

（邹晨雅）

永不抵达的列车（节选）赵涵漠

在北京这个晴朗的早晨，梳着马尾辫的朱平和成千上万名旅客一样，前往北京南站。如果一切顺利的话，这个中国传媒大学动画学院的大一女生，将在当天 19 时 42 分回到她的故乡温州。

……

23 日一早，20 岁的朱平穿上浅色的 T 恤，背上红色书包，兴冲冲地踏上了回家的路。临行前，这个在同学看来"风格有点小清新"的女孩更新了自己在人人网上的状态："近乡情更怯是否只是不知即将所见之景是否还是记忆中的模样。"

就在同一个清晨，中国传媒大学信息工程学院的 2009 级学生陆海天也向着同样的目的地出发了。在这个大二的暑假里，他并不打算回安徽老家，而是要去温州电视台实习。

据朋友们回忆，实际上陆海天并不知道自己将去温州电视台实习哪些工作，但他还是热切地企盼着这次机会。开始他只是买了一张普快的卧铺票，并且心满意足地表示，"订到票了，社会进步就是好"。可为了更快开始实习，他在出发的前几天又将这张普快票换成了一张动车的二等座票。

……

7 时 50 分，由北京南站开往福州、途经温州南站的 D301 次列车启动。朱平和陆海天开始了他们的旅程。

……

几乎就在开车后的 1 分钟，那个调皮的大男孩拿起手机，在人人网上更新了自己的最新信息："这二等座还是拿卧铺改的，好玩儿。"朱平也给室友发了条"炫耀"短信：马上就要"飞驰"回家了，在动车上，就连笔记本电脑的速度也变快了，这次开机仅仅用了 38 秒。

D301 上,陆海天和朱平的人生轨迹靠近了。在学校里,尽管他们都曾参加过青年志愿者协会,但彼此并不认识。

朱平真正的人生几乎才刚刚开始。大一上学期,她经历了第一次恋爱,第一次分手,然后"抛开了少女情怀,寄情于工作",加入了校学生会的技术部。在这个负责转播各个校级晚会、比赛的部门里,剪片是她的主要任务。

……

黄一宁是朱平的同乡,也是大学校友。直到今天,他眼前似乎总蹦出朱平第一次穿上高跟鞋的瞬间。"那就是我觉得她最漂亮的样子。"一边回忆着,这个男孩笑了出来。

……

在这个漫长而烦闷的旅途里,陆海天也用手机上网打发着时间。中午时分,朋友在网上给他留言:"一切安好?"

他十分简短地回答了一句:"好,谢。"

在陆海天生活的校园里,能找到很多他的朋友。这个身高 1.7 米的男孩是个篮球迷,最崇拜的球星是被评为"NBA 历史十大控球后卫"之一的贾森·基德,因为基德在 38 岁的高龄还能帮助球队夺取总冠军。

……

在这辆高速行驶的列车上,有关陆海天和朱平的信息并没有留存太多。人们只能依靠想象和猜测,去试图弄清他们究竟如何度过了整个白天。"希望"也许是 7 月 23 日的主题,毕竟,在钢轨的那一端,等待着这两个年轻人的,是事业,是家庭。

7 月 23 日 20 时 01 分

人们平静地坐在时速约为 200 千米的 D301 次列车里。夜晚已经来临,有人买了一份包括油焖大虾和番茄炒蛋的盒饭,有人正在用 iPad 玩"斗地主",还有人喝下了一罐冰镇的喜力啤酒。

据乘客事后回忆,当时广播已经通知过,这辆列车进入了温州境内。没有人知道陆海天当时的状况,但黄一宁在 20 时 01 分收到了来自朱平的短信:"你在哪儿?我在车上看到闪电了。"

当时还没有人意识到,朱平看到的闪电,可能预示着一场巨大的灾难。

......

已经抵达温州境内的朱平同时也给室友发了一条短信:"我终于到家了!好开心!"

这或许是她年轻生命中的最后一条短信。

10 分钟后,就在温州方向双屿路段下岙路的一座高架桥上,随着一声巨响,朱平和陆海天所乘坐的、载有 558 名乘客的 D301,撞向了载有 1 072 名乘客的 D3115。

两辆洁白的"和谐号"就像是被发脾气的孩子拧坏的玩具:D301 次列车的第 1 到 4 位车厢脱线,第 1、2 节车厢从高架上坠落后叠在一起,第 4 节车厢直直插入地面,列车表面的铁皮像是被撕烂的纸片。

雷电和大雨仍在继续,黑暗死死地扼住了整个车厢。

......

有关这场灾难的信息在网络上迅速地传播,人们惊恐地发现,"悲剧没有旁观者,在高速飞奔的中国列车上,我们每一位都是乘客"。

......

同时,这个世界失去了朱平和陆海天的消息。

黄一宁也再没有收到朱平的短信回复。当他从网上得知 D301 发生事故后,用毫不客气的口吻给朱平发出了一条短信:"看到短信立即回复汇报情况!"

仍旧没有回复。

因为担心朱平的手机会没电,黄一宁只敢每隔 5 分钟拨打一次。大部分时候无人接听,有时,也会有"正在通话中"的声音传出。"每次听到正在通话,我心就会怦怦跳,心想可能是朱平正在往外打电话呢。"

可事实上,那只是因为还有其他人也在焦急地拨打着这个号码。

同学罗亚则在寻找陆海天。

......

陆海天的电话最终也没能接通,先是"暂时无法接通",不久后变为"已关机"。也就在那天夜里 10 时多,朱平的手机也关机了。

在这个雨夜,在温州,黄一宁和小陈像疯了一样寻找着失去消息的朱平。

......

寻找陆海天的微博被几千次地转发,照片里,他穿着蓝色球衣,吹着一个金属哨子,冲着镜头微笑。但在那个夜晚,没有人见到这个"1.7 米左右,戴眼镜,脸上有一些青春痘"的男孩。

……

人们同时也在寻找朱平，"女，1.6 米左右，中等身材，着浅色短袖，长裤，红色书包，乘坐 D301 次车"。

……

这位年过六旬的母亲并不知道女儿搭乘的列车刚刚驶入了一场震惊整个国家的灾难。"她妈妈根本不知道这个消息。"小潘回忆通话时的情景。朱妈妈认为，女儿还没到家可能只是由于常见的列车晚点，她已经准备好了一桌饭菜，继续等待女儿的归来。

凌晨 3 时许，黄一宁和小陈分头去医院寻找已经失踪了 7 个小时的朱平。他们先是在急诊部翻名单，接着又去住院部的各个楼层询问值班护士。

……

可朱平却像是从这个世界上消失了，谁也不知道她的下落。

黄一宁终于在冰棺里看到了那个女孩，她的脸上长了几颗青春痘，脖子上的项链坠子是一个黄铜的小相机，那正是他陪着朱平在北京南锣鼓巷的小店里买的，被朱平当成了宝贝。

……

"你知道吗？我们俩都计划好了回温州要一块玩，一起去吃海鲜。可是看着她就躺在太平间里，我接受不了。"回忆到这里，黄一宁已经不能再说出一句话，大哭起来。

7 月 23 日 22 时

朱平是在 23 日 22 时 44 分被送到医院的，23 时左右经抢救无效后身亡。

21 时 50 分，被从坠落的车厢里挖出的陆海天，被送到了温州市鹿城区人民医院。据主治医生回忆，那时，他已经因受强烈撞击，颅脑损伤，骨盆骨折，腹腔出血，几分钟后，心跳停止，瞳孔放大。在持续了整整一个小时的心肺复苏后，仍然没有恢复生命的迹象，宣告死亡。

在 D301 次列车发生的惨烈碰撞中，两个年轻人的人生轨迹终于相逢，并齐齐折断。这辆列车在将他们带向目的地之前，把一切都撞毁了。

天亮了，新闻里已经确认了陆海天遇难的消息，但没人相信。有人在微博上写道："我不敢相信也不愿相信！希望有更确切的消息！"

陆海天才刚刚离开学校,他的照片还留在这个世界上。这个总是穿着运动装的男孩有时对着镜头耍帅,有时拿起手机对着镜子自拍,有时也被偷拍到拿着麦克风深情款款。

直到 24 日中午,仍有人焦急地发问:"你在哪儿? 打你电话打不通。"也有人在网络日志里向他大喊:"陆海天你在哪里? 你能应一句么!!!"那个曾与他在地铁站挥手道别的朋友,如今只能对他说一句:"晚安,兄弟。"

……

可那时,朱平的哥哥已经在医院确认了妹妹的身份。他恳求朱平的同学,自己父母年岁已高,为了不让老人受刺激,晚点再发布朱平的死讯。那几个已经知道朱平死讯的年轻人,不得不将真相憋在心里,然后不停地告诉焦急的人们,"还在找,不要听信传言"。

这个圆脸女孩的死讯,直到 24 日中午通知她父母后才被公开。悲伤的母亲再也说不出什么话来,整日只是哭着念叨:"我的小朱平会回来的,会回来的。"

黄一宁还记得,朱平说过要回来和他一起吃"泡泡"(温州小吃),说要借给他新买的镜头,答应他来新家画墙壁画。"朱平,我很想你……可是,希望我的思念没有让你停下脚步,请你大步向前。"黄一宁在 26 日凌晨的日志里写道。

他也曾想过,如果这趟列车能够抵达,"会不会哪一天我突然爱上了你"。

……

但朱平已经走了。

……

23 日晚上,22 时左右,朱平家的电话铃声曾经响起。朱妈妈连忙从厨房跑去接电话,来电显示是朱平的手机。"你到了?"母亲兴奋地问。

电话里没有听到女儿的回答,听筒里只传来一点极其轻微的声响。这个以为马上就能见到女儿的母亲以为那只是手机信号出了问题。

似乎不会再有别的可能了——那是在那辆永不能抵达的列车上,重伤的朱平用尽力气留给等待她的母亲的最后一点讯息。

(《中国青年报》,2011 年 7 月 27 日)

作品赏析：

2011年7月23日，温州动车事故发生以后，各大媒体深入挖掘事故背后的原因，报道灾难现场的救援情况以及一个又一个的生命奇迹。而《永不抵达的列车》却一反常态，用客观真实的记录、充满质感的文字和情感饱满的细节，通过描绘两个平凡大学生戛然而止的人生轨迹，凸显了令人心碎的国殇。

现实与回忆重合，时间如画轴般缓慢铺开。作者以时间为主线，把现实和回忆掰开、揉碎、攒起，使7月23日之前平静的生活和灾难发生之后的一切形成鲜明对比，使细腻的美好和巨大的悲痛相交融，用个人的命运凸显群体乃至国家的伤痛。陆海天，这个有着青春梦想的大男孩，奔走于赛场内外，全身心投入志愿者协会的工作，梦想有一天像球星贾森·基德一样驰骋赛场。对于陆海天来说，这一趟旅程是他事业的起点，却也是生命的终点。他在上车后更新了人人网的状态，给朋友发短信说一切安好，谁也不知道他究竟如何度过了整个白天。在事故发生后，他的电话先是"暂时无法接通"，不久后变为"关机"。D301次列车载着他和他的梦想驶向了没有明天的尽头。回忆里，是梦想，是希望，是美好的人生；现实里，是绝望，是死亡，是无尽的黑暗。

叙述与评论交叉，如讲故事般娓娓道来。平和冲淡的叙述与恰到好处的议论相互交织，宁静中暗含冲突，平淡中诉说悲伤。灾难发生前，朱平给同学发短信说"看到闪电了"。没过多久，灾难悄然降临，"两辆洁白的'和谐号'就像是被发脾气的孩子拧坏的玩具""列车表面的铁皮像是被撕烂的纸片""黑暗死死地扼住了整个车厢"……列车像被孩子拧坏的玩具，像被撕烂的纸片，在黑暗面前动弹不得，孱弱的人们更是束手无策，生命的不堪一击在作者笔下展现得淋漓尽致。

文中议论部分着墨不多，却句句皆是点睛之笔。如"悲剧没有旁观者，在高速飞奔的中国列车上，我们每一位都是乘客"。悲剧与我们每一个人息息相关。作者的评论没有张牙舞爪的泄愤，却暗含着对生命的担忧、对人们的警醒。

（汪珺君）

这个案子中或许还有一个女人 A.B.麦克唐纳

　　当 A.D.佩恩在得克萨斯的阿马里格谋杀自己的妻子时,他相信自己策划和实施了一桩"完美的犯罪"。

　　佩恩是一名律师。他曾是一名大学生,当过中学教师和一所城市高中的校长。他在大学曾学过犯罪学课程。在他的法律实践中,他为罪犯辩护,并研究过他们的罪证。

　　10 个月来佩恩连续而耐心地筹划谋杀他的妻子儿女。他曾绞尽脑汁,制订了 5 套不同的谋杀方案,但每一套都有一种缺陷,有可能招致直接怀疑,所以他把这些计划放弃了。

　　最后他打定主意,用甘油炸药炸死他的妻子和两个孩子。这个计划终于实施了,它设计得如此精妙,以至于佩恩夫人死后 5 个星期,这件事还是一个谜。

　　杰恩·豪是阿马里格仅有的两家报纸《新闻报》和《环球报》的主编兼半个所有者。豪每天要在《环球报》上写一两个专栏,取名为"老钉"。有一天报上出现了一幅照片,声称"老钉"将自荐担任县副治安官以解决佩恩案件。

　　这本来是一个玩笑,却收到了意想不到的后果。它使佩恩本人来到豪的报社办公室。佩恩对豪表示感谢,因为豪有兴趣寻找谋杀他"爱妻"的凶手。他催豪尽快揭开这个谜。

　　这使豪开始沿着一条新的线索去思考。他写信给《明星报》,请求派人来共同解开这一谜案。

　　《明星报》电告豪:我将过来。那时豪打电话给佩恩,告诉他《明星报》派记者来了。

　　"太好了。"佩恩说,"他到了这儿后请带他来看我和我的孩子。我将尽量给予帮助。"

8月2日下午晚些时候,我到达阿马里格,豪与我在火车上见面。

我的第一个问题是:"你是怎么看的?"

"我并不清楚。"他回答说,"有时候我认为佩恩杀了她,但是到头来我又觉得他没杀。我完全给搅糊涂了。这儿的许多权威人士也是这样。百分之九十的人怀疑佩恩杀了她,但是找不到一丁点儿证据。所有这些都是怀疑与传闻,不是确凿的线索。"

我们商议好,第二天早上9点豪来找我。这是一个星期天。

我建议说:"驾车去看看佩恩吧。"一路上我们谈起了案情……

她(佩恩夫人)和他的3个孩子都投了巨额保险,佩恩是保险受益者。而佩恩也投了巨额保险,他的妻子和孩子是受益人。几乎所有的办法都是"双倍赔偿",也就是说,如果由于意外事故导致死亡,按照这一办法将要支付给投保额两倍的赔款。因为某些原因,我并不认为只是保险这一因素就足以促使佩恩杀死妻子和孩子。

"也许这个案子中还有一个女人。"我推测。

"那几乎是不可能的。"豪先生说,"佩恩是一个感情专注的丈夫。"

佩恩热情欢迎我们。我们坐下攀谈了起来。他身上的某些东西使我对他产生怀疑。他神情不定,瘦长的手指总是不安地摸着面颊和下巴,在他的薄嘴唇和坚韧的脸后面,我感到这是一个本质上残酷的、没有良心的人。在我第一次看见他、听见他平静的声音以后,我就再也不认为他是清白的了,这听起来似乎不太真实。

不管问他什么问题,他总是详细回答他如何爱他的妻子,他妻子爱他有多深,以及他们都是为彼此而活着。他的表演太过头了。

他的大女儿正在做饭。她到下周二将满14岁。

偶尔她会走到门边,然后盯着我们谈话的地方。我想象得出她那恐怖的眼神。

接近中午,佩恩的小女儿博比·琼夹着一本《圣经》走了进来。佩恩说:"这是我们的小女儿,从主日学校回来。"

佩恩夫人遇害的当天早晨,佩恩原计划步行去商业区,佩恩夫人和她的儿子小A.D.佩恩以及小女儿开车去。如果琼同她母亲在一起,她已被害或像她哥哥一样严重残疾了。佩恩本想要他们三人都死,但是当佩恩那天早上从家里走出两道门时,电话响了。这是商业街的一个男人想同佩恩讲话,所以佩恩夫人叫住了他。这个小小插曲救了博比·琼的性命。当佩恩打完电话时,她从隔壁跑进来,请求允许她和爸爸一起步行去商业区,佩恩带着她走了。

我向博比·琼发问,她坐在一把椅子上回答我的问题。有时她的父亲纠正她:"不,宝贝不是那样,你记错了,应是这样。"他告诉她是怎么回事。

当孩子看着父亲并听他纠正自己时,她脸上浮现出恐惧和忧虑的表情。她放声大哭,喘不过气来。她的姐姐赶紧从厨房跑出来,紧张地扭着手,眼里噙满了泪水。

我可以看出这个家庭的气氛有多紧张,这两个女孩由佩恩教导着按某种方式去讲述他们的故事。小博比·琼忘了,她讲出了真相。然后我离开了。现在我知道,这两个孩子都明白,是她们的父亲杀死了她们的母亲。她们吓得要命,唯恐自己会说出某些揭穿谎言的话来。

从我看见那个孩子大哭,注视她面部表情的那一刻起,我就确切地知道佩恩是罪犯。但我同他谈话时,总假装同意他的观点。

有些东西使我相信这一事件背后有一个陌生女人。带着这种想法,我决定了解他6年前在阿马里格开办法律事务以来为他工作过的每一个速记员。我问他是否曾经迷恋过另一个女人。

"没有。"他断然说,"即便是在思想上我都从不对我的爱妻不忠,更不用说行动了。"

他给了我一份他的速记员的名单,我写下了他所说的每一个人。

"去年我有过几个速记员。第一个是维拉·霍尔库姆,只跟了我很短的时间,我不知道她究竟发生了什么事。接下来是维洛娜·汤普森。她8月份开始为我工作,到12月时我让她走了。她大约二十四五岁,是一个相貌平平的女人,没有男人会迷上她。接下来是梅布·布什,她住在皮尔斯大街,她工作到我妻子去世前的星期一。现在她想回来替我工作,她正在为自己的兄弟做家务活。她很年轻,很有魅力,红头发,充满朝气,也很机灵。她大约19或20岁,你可以见见她。现在我的速记员是奥范·李·汉弗莱斯。"

照他这样谈起来,似乎没什么值得怀疑,但他说话的方式暴露了一个企图:他想让我们不去怀疑汤普森小姐有什么吸引他的地方,而布什小姐却是非常迷人而危险的。

当我们离开他家以后,豪先生问我:"你对这事如何看?"

"他是凶手。"我说,"他杀了妻子,他的女儿们知道这件事。其中有一个女人,我相信汤普森小姐知道这一切。"

我们在枫树公寓的接待室等了一两分钟,然后我注意到她走了进来,她的脸上带有惊奇的神色。而且我立刻注意到她身上确实具有某种迷倒许多男人的地方。我的第一个问题是:

"维洛娜,你与佩恩一道出去吃饭有多少次?"

"许多次。"她一刻也不犹豫就回答了,"不过总是有另一个女孩与我们在一起。"

"你曾与他在潘汉德尔旅行?"

她认为我指的是潘汉德尔小城,于是回答说:"是的,我曾同他去潘汉德尔。"

"也去过博格?"

"是的,去过博格。"

"你为什么总是和他一起去?"

"这是公干。他在那些地方有业务,带我去一起为公司工作。"

"请把你和佩恩以夫妻名义住过的宾馆告诉我。"

"我们从未这样做过。"她说。

"别再隐瞒了,维洛娜。警察将派人找你去,然后会将你和佩恩之间的事一一说出来,别想隐瞒任何事情了。"

"你们认为他杀了她?"她问。

"是的,我认为是这样。"

她摇着头说:"天哪!这真是一件可怕的事情,不是吗?"

我们来到大街上后,豪先生说:"佩恩就是为了这个女人杀了他妻子?!""是的,就是那个女人。"

坐在豪先生的办公室里,我说:"杰恩,看在上帝分上,你能在这座城里找到一个权威人士,由他让这个女孩签署一份声明,然后把佩恩带来对证吗?我相信,如果这样的话,佩恩可能垮掉并且会招供。"

豪突发灵感,他用拳头猛击一下桌子,然后说:"有了!厄内斯特·汤普森市长,他能够这样做。"

"立即打电话,请他来这儿。"我建议道。

15分钟内汤普森市长风风火火地赶来了。一听完这个故事,他就大叫道:"天哪!这已有足够证据对他定罪。你们想要我做什么?"

"把她带到警察局。让她写一个书面声明,并且当着证人的面签字。这一工作完成后,带佩恩进来,让他跟她和声明对证。"

好了,我猜每一个人都知道了下文:佩恩如何被带进来……盯着那姑娘,看到她在这儿几乎不敢相信自己的眼睛。她用一种奇怪的嘲笑目光看看他,他几乎精神崩溃了,然后将供认不讳。但是他被捕了的消息传了出去,许多暴徒聚在一起,警察只得将他转移到小城斯廷内特一个安全的监狱。他在那天晚上开始招供,他花了 20 个小时来坦白自己所做的一切……现在,他乞求法律允许他在电椅上死去。

(《普利策新闻奖名篇快读》,四川文艺出版社,2009 年)

作品赏析:

这篇调查性新闻报道通过大量人物对话,将案件调查过程铺陈开来。从作者与豪二人到嫌疑人佩恩家中调查,再到对速记员维洛娜的询问,一步步还原凶手佩恩的作案动机和手段。作者善用精妙的悬念设置和细腻的细节描写,文章环环相扣,引人入胜。

对话写作,生动再现调查过程。 作者摒弃第三人称的间接描述,采用人物对话的方式,将调查过程原汁原味呈现于读者面前。在佩恩家时,作者问他"是否曾经迷恋过另一个女人"。"'没有。'他断然说,'即便是在思想上我都从不对我的爱妻不忠,更不用说行动了。'"离开佩恩家后,豪先生问作者,"'你对这事怎么看?'""'他杀了妻子。他的女儿们知道这件事。其中有一个女人,我相信汤普森小姐知道这一切。'"这些人物对话,不仅让调查现场如电影镜头般真实可感,徐徐展开,而且使人物形象鲜明、立体,将佩恩的狡诈、虚伪,作者的冷静、机智都熔铸于简洁利落的对话中。

巧设悬念,"还有一个女人"是谁? "这个案子中或许还有一个女人",这个女人是谁?她与这个案子有什么关系?作者从标题开始就设置悬念,吸引读者继续阅读。除标题外,文中还两次写道,"也许这个案子中还有一个女人""有些东西使我相信这一事件背后有一个陌生女人",将悬念继续延伸,增强紧张气氛,犹如观赏一部精彩的侦探电影。"其中有一个女人,我相信汤普森小姐知道这一切""是的,就是那个女人",在作者的冷静分析下,案件谜底慢慢揭开,真凶最终浮出水面。文章如侦探电影般叙事流畅,节奏紧凑、鲜明,让人读罢酣畅淋漓。

细节描写，为人物个性增添色彩。除了对话，作者还对人物的神态、情绪和动作进行了细致入微的刻画。如佩恩"神情不定，瘦长的手指总是不安地摸着面颊和下巴"；博比·琼"脸上浮现出恐惧和忧虑的表情。她放声大哭，喘不过气来。她的姐姐赶紧从厨房跑出来，紧张地扭着手，眼里噙满了泪水"。这些细腻的笔法，描绘了凶手面对调查时的紧张和博比知道父亲杀死母亲却不敢言说的痛苦，充分展现了人物的内心世界，画面感强，极富戏剧性和冲突性。

（李雪瑞）

中国人为什么喜欢玉 谷泉

地球上到处都是石头。每个文明都曾经历过石器时代。世界各地的石头文化也都很发达。但是到了新石器时代，在中国的土地上，渐次出现了以玉为代表的石制礼器。从那时候开始，中国的石文化与其他文明的石文化产生了差异，并最终确立了自己独特的文化属性。

在大量接触、利用、加工、处理石头的流水线上，我们的先人面临一个难题：如果石头过于柔软，方便加工，却不耐磨损，不能够长时间使用；如果石头过于坚硬，耐磨损，可以长时间使用，加工却异常困难。在面临选择时，大部分人倾向于一个折中方案，即选择硬度适中，不过于坚硬，相对符合使用目的的、耐磨损的石头进行加工。也就是说，过于坚硬的石头会被淘汰。但是，社会分工的进程中，对更为坚硬的石头的加工，非但没有消失，反而渐渐突显出来。我们的先人发现，这种需要花费更多人力和物力成本加工出来的物品，本身就蕴含与花费相等量的价值，并且作为这种价值的形式载体，可以做等量的价值交换。随后，这种交换逐渐演变为大家彼此认同的一个观念——对类似石器的占有，等于对生产力的占有。于是加工类似石器的意义就被改变了：其使用价值开始逐步降低，甚至消失，没有实用价值的付出，反而开辟出一个可以接纳更多其他意义的空间。

除去坚硬、细腻、耐打磨的特性，那些多彩、温润、有特殊肌理图案的美石，也在大量加工石器的过程中被挑选出来，并且渐渐成为制作礼器的专门材料。这就是玉。美石被称为玉的时候，并不如同现在是某种石头的特指，而是符合以上特征的、产自当地的、所有美石的代表。玉的地位得到确立，完全是因为其自身的多重特性——这些特性让我们的先人深信，玉是可以容纳信仰、权力、财富、审美，甚至天地的最佳代表。在中国辽宁红山、浙江良渚、四川金沙等众多的文化遗存中，都出土有高品质的玉制礼器。它们如万花筒一般，折射出当时社会生活的各种信息。

被制成礼器的玉，既承接于礼，也落实为器。先民赋予一些代表性器物以特定的性质，比如神圣性，器物也由此获得了自身的意义，并仿佛是其内在属性一般，反过来支配着人们对待器物的态度——尽管这种属性是人赋予器物，再经过圣人制定繁杂的礼制之后，又被器物所吸纳的。由此，从个人修为到"治国平天下"，以及仁义道德等伦理规范，都可以依附于具体的器物而存在。我们的先人让"藏礼于玉"就此成为可能。

"藏礼于玉"，再加上采玉的艰险和采玉环境的神秘莫测，不但让玉价格高昂，而且披上了信仰的外衣。在汉代，出产玉的地方已经被认为是有仙人居住了。昆仑山神话、西王母信仰、玉葬、食玉、大量玉雕的仙山仙人、园林里的海上三山等，都与此有莫大的关系。中国历史上玉文化的巅峰时刻就此到来。即使随后赶上了"礼崩乐坏"，玉不再成为权力的象征，"藏礼于玉"也可以迅速为"藏信仰于玉""藏财富于玉"，直到为"藏情感于玉"所替代。以后2 000年的历史也以事实说明，玉的意义空间不降反升。中国人更加喜欢玉。

玉在中国文化中再也回不到自然淳朴的本原。从美石在石头中被选择出来，到地方玉在美石中异彩纷呈，最后是和田玉从所有玉中脱颖而出。然后，以和田玉为代表的玉，反过来代替所有的石头，以及它们背后的自然、历史、文化、政治。这一脉络几乎涵盖中国几千年的文明发展史。玉的影响力渗透到社会生活的各个方面，甚至中国人的血液中，成为中国文化基因的一部分。

礼的发展，让玉和类玉的石头，得到中国人特别的青睐。《管子》《荀子》《礼记》《说文》等，都提到玉有各种美好的德行。除了讲到玉的一些自然属性，这些文字实际是在强调，一个高尚的人与玉之间拥有共同的文化内涵。在孔子"君子比德于玉"思想的感召下，这些被祖先喜爱的石头，不仅被赋予神秘色彩，也在历史的不断演进中，生成丰厚的审美属性。

首先是中国人喜欢像玉一样的人。我们很容易找到一些以玉来比喻和形容人的词，比如"文质彬彬，然后君子""玉树临风""亭亭玉立""宁可玉碎，不能瓦全"等，它们都在深层次上证明石之美者与中国人的紧密联系。然后是中国人喜欢像那些最高尚的人一样的石头。从喜欢玉，到喜欢像玉一样的人，再到喜欢像那些最高尚的人一样的石头。这三个递进关系，仿佛在昭示中国石文化的历史真相——在保留石头那些优秀的自然属性的前提下，中国人喜欢像自己一样的石头。

那些像玉一样的人，必定被礼所包裹。中庸、混沌、温良、内敛是玉的气质，也被后来推崇玉的儒家所看重。许多权力都依附在儒家理论上，成为中国以后社会发展的基础。由像玉一样的人组成的社会,必定如玉一般,超常稳定、坚固与平和。还有那些可以刻在石头上,也刻在我们大脑里的"金科玉律"。

(《人民日报》,2014 年 6 月 8 日)

 **作品赏析:**

"玉在山而木润,玉韫石而山辉。"古往今来,中国人对玉都情有独钟,可我们却未曾探索这种钟爱的缘由。本文从中国古人的礼制追溯到神话信仰,再到儒家哲学,深入剖析了中国人爱玉的文化根源。

承接于礼,落实为器。"除去坚硬、细腻、耐打磨的特性,那些多彩、温润、有特殊肌理图案的美石……这就是玉。"文中道,先民赋予一些代表性器物以特定的性质,比如神圣性。"从个人修为到'治国平天下',以及仁义道德等伦理规范,都可以依附于具体的器物而存在"。由此,古人将精神志趣赋予器物之上,这便是"藏礼于玉"。

如《论语》所言:"知者乐水,仁者乐山;知者动,仁者静;知者乐,仁者寿。""乐""寿"二字高度概括出君子气质的精华,而玉恰到好处地演绎了这两个字所蕴含的文化内涵。此外,作者借用昆仑山神话、西王母信仰、玉葬、食玉等故事,演绎出"藏信仰于玉""藏财富于玉""藏情感于玉"的历史演变与中国玉文化的发展历程。

以玉喻人,反哺文化。以玉喻人,以玉寄托文化,玉便是精神寄托和精神支柱。几千年来的历史演变,有着玉的见证。正如文中所言,"以和田玉为代表的玉,反过来代替所有的石头,以及它们背后的自然、历史、文化、政治。这一脉络几乎涵盖中国几千年的文明发展史"。其实任何器物的再创作,代表的都是人们心中的愿景,眼中自己的模样。

"玉,石之美者有五德。润泽以温,仁之方也;鰓理自外,可以知中,义之方也;其声舒扬,专以远闻,智之方也;不挠而折,勇之方也;锐廉而不忮,洁之方也。"这五德既是玉之德,亦是中华民族千年传承的民族气节。文中写道"中国人喜欢像玉一样的人",是因为"文质彬彬""玉树临风"的雅士君子,有着像玉一样的精神内涵、文化韵味,而他们也用这样的品质滋养、丰富着中国文化的底蕴。

玉是儒家文化的象征,也是中华儿女的精神象征,这就是华夏文明对真善美的追求。中华民族玉文化源远流长,几千年来的积累和沉淀,并非只言片语能表达。只有用心去体悟,才能深刻感知那一方玉石中沉甸甸的重量,这是一种责任,一种气度,正如"地势坤,君子以厚德载物"。

(黎昱睿)

透视『多棱镜』

——记录时代原声

大平夫人看望"欢欢","长得多可爱啊"〔日〕松尾

"啊,新娘子,让我看看你的脸蛋吧!"正在中国访问的大平首相夫人大平志华子,7日下午访问了北京动物园,看望赠送给日本的熊猫:欢欢。

因为日本首相夫人要来参观,所以熊猫房的周围,在夫人到达前三十分钟就挤满了中国孩子。"欢欢"由屋内走到外面的运动场上,注视着这么多人,背朝着大平首相夫人,久久安静不下来。

陪同参观的邓小平副总理的夫人卓琳笑容满面地说:"'欢欢'还害羞呢!"首相夫人说:"日本人在等待'欢欢'的到来。"可能是理解了首相夫人的话,"欢欢"终于把脸转了过来,夫人非常高兴,说:"多么可爱啊!"并且眯着眼睛说:"今后务必生个小熊猫。"

约十分钟后,在向"欢欢"告别时,卓琳夫人问道:"新娘子,长得怎么样?"志华子夫人深深点了一下头说:"好极了。"

据北京动物园业务组长曾建珠说:"'欢欢'何时去日本,还未定。冷倒不在乎,安排好专机就可以去。""欢欢"嫁给上野动物园"康康"的日子不远了。

(共同社,1979 年 12 月 7 日)

 作品赏析:

本文写于 1979 年 12 月日本首相大平正芳及其夫人大平志华子访华之际。作者通过描绘日本首相夫人观看国宝熊猫时的生动场景,传达了中日两国的友好关系。

契合时代背景,传达中日友谊。自 1972 年 9 月中日建立外交关系以来,两国关系大为改善。1979 年 12 月 5 日,日本大平首相及夫人开始为期五天的访华之旅,首相夫人观看动物园熊猫是其中的行程之一。文章没有对其访华进行

平铺直叙式的工作记录,而是趣味横生地从侧面凸显出中日关系的友好和睦。例如,"在夫人到达前三十分钟就挤满了中国孩子",烘托出现场的热闹氛围,表现出中国人民对日本首相夫人的欢迎。又如,通过描述"'欢欢'还害羞呢""多么可爱啊""今后务必生个小熊猫"等亲切对话,巧妙地体现了卓琳夫人和大平夫人的相处融洽。文末,"'欢欢'嫁给上野动物园'康康'的日子不远了",风趣地展现出我国赠送日本大熊猫的事件细节,传递了两国的深远友谊。

善用拟人手法,展现生动细节。本文着力描写了大平夫人看望熊猫欢欢的场景。开篇运用直接引语"啊,新娘子,让我看看你的脸蛋吧",通过展示大平夫人对熊猫"欢欢"的亲昵称呼,显露出她对大熊猫的喜爱之情。接着,作者生动描述了熊猫"欢欢"出场时"注视着这么多人""久久安静不下来"的情景,赋予"欢欢"以人的情感,细腻刻画出"欢欢"的紧张和激动。而后,文章描写道,"可能是理解了首相夫人的话,'欢欢'终于把脸转了过来",将"欢欢"的动作行为拟人化,富有新意。这样的写作手法,避免了对领导夫人游览过程的呆板描述,鲜活地呈现了现场热闹和趣味的情景,表现出熊猫的憨态可掬以及日本首相夫人对熊猫的喜爱,拉近了与读者的距离,现场感十足。

本文用富有人情味、趣味化的语言,表现了中日两国的和平友好相处,是中日关系良好发展的有力见证。

(陈曦)

将开放透明进行到底 《南方周末》编辑部

　　5月24日,温家宝总理在映秀镇的废墟上主持了一次别开生面的记者招待会。"这次救灾采取了开放的方针。"总理宣布。作为开放的具体内容之一,总理说:"我们欢迎世界各国记者前来采访,我们相信你们会用记者的良知和人道主义精神,公正、客观、实事求是报道灾情和我们所做的工作。"

　　这是一次罕见的记者招待会。不仅因为它是在大地震废墟召开的,更因为它以开放为主题。它本身就是中国开放的象征,注定要成为传奇,写进历史。

　　汶川震痛,痛出一个新中国,这里的新中国首先是一个开放的中国、透明的中国。

　　不开放竟可以致人死命,不透明竟可以致人死命,大地震用无数的生命尤其是成千上万个孩子的生命作代价,给我们上了这一课。这是何其惨烈的一课,这一课让我们撕心裂肺,这一课让我们永生不忘。无数的生命尤其是成千上万个孩子的生命,一起趟开了一条血路,趟开开放的血路,趟开透明的血路。将开放进行到底,将透明进行到底,这样的呼声正成为我们社会的新共识,正汇聚成我们社会的最强音。

　　共和国历史上,从来没有什么时候,公民可以这样自发地组织起来广泛参与救灾;共和国历史上,从来没有什么时候,多支国际救援力量可以这样直达救灾现场;共和国历史上,也从来没有什么时候,信息可以这样广泛流通,媒体可以这样广泛追问。

　　而所有这一切,无疑,是因为中央政府自身的变革。中央政府不仅以救人为救灾的最高目标,从而在理念上完成了以生命价值为国家最高价值的转化,而且在实践中,也找到了让现代理念落地,让政治跟人性握手,让政治跟现代文明接轨的具体的路径。这路径就是更开放,这路径就是更透明。

就此而言，这次救灾实际上是中央政府的一次实战演练，实际上是中央政府的一次自我训政。或者换句话说，实际上是从传统形式的政府向现代政府转化，向服务于国民的生命权利的现代政府转化的一个拐点。

真诚总是有回报的。经此一役，中央政府的声誉迅速上升。民众对中央政府的信任，民众与中央政府的合作都在提速。更重要的是，中央政府相信民间的善意，给了民间力量快速发育的空间。民间以救灾为契机，以空前规模进入公共领域，成为公共治理一支不可或缺的力量。民间力量的这种快速集结，正在解决中国社会的一个关键问题，即改革动力问题。正是从民间力量的快速集结中，中央政府看到了改革动力所在。于此不难理解，为什么在废墟记者招待会上温家宝总理会那么自信，那么果敢坚毅。

显而易见，在这次大地震中倒塌的不只是豆腐渣建筑，倒塌的更将是旧机制。一种全新的社会规则，一种全新的社会机制，正从大地震的废墟上崛起，从无数死难者尤其是孩子们的血泊中崛起。它向我们展示了中国社会发展的另一种可能性，中国人生存状况的另一种可能性。我们距离公民社会并不遥远。中国公民社会正在形成。

这一切其实是理所当然。巨大的生命悲剧，原本就应该用进步来补偿；一个民族的创伤，原本就应该用文明去修复；让开放抢在倒退的前面，让透明走在贪腐的前面，让开放和透明不再只是应急之宜，而是成为社会的常态。唯有这样做，我们才能重建人心，重建机制，也才能告慰逝者，激励生者。

但我们同时必须承认，中国社会的发展并不平衡。开放和透明的进程，也是不平衡的。民众和中央政府固然因开放和透明而受益匪浅，但另一方面，对中华民族整体利好，未必对某些人利好。只是，谁怕开放？谁怕透明？已经不问可知，昭然若揭了。

问题是，开弓没有回头箭。大地震已经教训了我们，不开放不透明，就必然藏垢纳污，放大天灾的人祸寄生于我们的体制之中，必然让我们民族付出惨痛的生命代价。如果这种局面不能彻底扭转，那么不仅所谓开放救灾可能功亏一篑，所谓灾后重建也有可能蜕变成某些人的分肥游戏，从而蜕变成一场新的社会灾难。至于所谓政府转型社会进步这些宏大愿景，就都无从谈起了。

或许正是基于此番考量，在废墟记者招待会上，总理特别强调两个永不改变："我们在处理这些突发事件以及国内其他问题上，坚持以人为本的原则不会改变,坚持对外开放的方针,永远不会改变。"从大地震的血泊中趟出开放的路,透明的路,从血泊中趟出一个新中国——这是中华民族悲壮的新生之路,舍此,我们已经别无选择。

(《南方周末》,2008 年 5 月 29 日)

 作品赏析:

　　本文以"南方视角"拉开了对汶川地震的另类解读,成为"南方立场"的典范之作,面世后反响空前,宛如在一派蛙鸣的舆论场中投进一块小石子,泛起了层层涟漪。

　　倡导自由、开放透明的机制。 在千篇一律的民族凝聚力与人间大爱的弘扬中,本文另辟蹊径,从政府的变革、社会机制的更新这一视角出发,阐释了自由、开放、透明的力量。"汶川震痛,痛出一个新中国,这里的新中国首先是一个开放的中国、透明的中国。"震后,中国人的公民意识正在觉醒,中国政府开放、透明的进程正在加速。文章紧扣"开放""透明"的主题,强调了"让开放抢在倒退的前面,让透明走在贪腐的前面"。作者用平实生动的语言,讲述了政治转变的途径——"跟人性握手""跟现代文明接轨",道出了开放与透明是社会常态的真谛。在汶川地震这样的大灾之后,只有坚持革新机制、重拾人心,才能让社会重焕朝气与温暖。

　　反复手法、强烈的情感冲击。 新闻评论应该肩负起民众情绪疏导的闸门作用,文中"共和国历史上,从来没有什么时候……"的三次反复,如同一声声石破天惊的呐喊,喊出了大灾过后中国的巨变,即信息的公开透明。这一改变,调动了公民参与社会公共事务的积极性,凝聚了更多国际救援的力量,促进了信息的广泛流通,赋予了媒体追问的自由。"从大地震的血泊中趟出开放的路,透明的路,从血泊中趟出一个新中国——这是中华民族悲壮的新生之路","开放的路""透明的路""新生之路",这三条路无疑是中国之路,是坚持以人为本、对外开放之路,是通往全新的社会规则、社会机制之路。反复的写作手法贯穿全文,凝聚着作者忧国忧民的思想感情,让读者在文字中感受到强烈的情感冲击与震撼。

　　本文从当下切入历史,以历史镜鉴当下,让人在沉痛的泪水中,保持理性的哲思。新闻可能会随着时间的流逝失去其价值,但一篇好的新闻评论有着历史的沉淀与人文的关怀,其价值将永久保存。

(黄俊)

八卦话题"打败"抗日老兵 赵文侠

没有人走过去搀扶一把专程赶到现场的 92 岁中国远征军老战士鲍直才，老人缓缓从座位上站起身，戴上红围巾，穿上外衣，蹒跚地向场外走去。

十多米开外的地方，扮演中国远征军的演员王学兵和他的妻子孙宁却被拿着摄像机、照相机的记者们团团围住。因为手中拿了太多的话筒，以至于孙宁情不自禁说了声"太密了"。随后的提问，没人聚焦"中国远征军"这一神圣的话题，全部是两个人的私生活。

这一幕发生在前天举行的 36 集电视连续剧《滇西 1944》首播式上的媒体自由采访环节。

将于今晚央视 8 套播出的《滇西 1944》是一部以世界反法西斯战争中的中国战场为大背景，讲述在广大滇西民众和中国共产党领导的抗日游击队的支持下，中国远征军驱逐日寇于国门之外的故事。但首播式上"中国远征军"被八卦话题打败的场景，让人不免有些尴尬。

当天，在主持人主持环节，中国远征军老战士鲍直才被请到台上。讲起当年远征军的故事，老人的脸因激动变得通红。也许是口音太重，老人台上讲，娱记们却在台下聊闲天。

与此形成鲜明对照的是，主持人设置的王学兵、孙宁夫妇互送礼物的环节却得到了热捧。主持人一个劲儿地说："抱着妻子送的小老虎，怎么也得表示一下感情吧！"鼓动王学兵做出亲密的动作。见到王学兵依然木然地待在台上，主持人于是更加不遗余力地忽悠，"瞧，台下的媒体都等着呢，怎么也得表示一下呀。"无奈中的王学兵硬着头皮当众把妻子孙宁抱得老高，此时闪光灯闪成一片。

不娱乐，似乎就缺少了关注度，《滇西 1944》这样一部题材凝重的电视剧也难逃这一定式。

媒体自由采访环节,这种所谓的娱乐化更被推到了极致。在被冷落的远征军老兵留下孤独背影的同时,王学兵、孙宁则被八卦彻底包围。

"当时拍戏的时候,剧组知道你们的关系吗?""这是你们以什么关系拍的一部戏?""夫妻俩拍感情戏什么感觉?"……王学兵、孙宁只言片语地应付着这些问题。

"虎年到了,有没有打算生个虎宝宝?"王学兵简而言之:"一切顺其自然吧。"娱记们不解渴,"听说孙宁因为家里是姐妹,所以想要男孩,那你呢?"王学兵敷衍着,"我无所谓,男孩女孩都可以。"娱记们继续穷追猛打,"究竟打算什么时候要个宝宝啊?"王学兵眉头紧皱,不耐烦了,"都说了,一切顺其自然。"孙宁的回答更是带着不满,"你们总不能让我们说'我们要什么什么时候生这种话吧'。要是没生,你们又该说我们骗人了。"八卦话题持续了近20分钟。

眼看着娱记们将探求明星私生活作为"己任"乐此不疲,而民族历史中真正有价值的片段却只能从背影里看到,这是何等悲哀。

(《北京日报》,2010年1月28日)

作品赏析:

本文的魅力和功力在于独特的视角,深刻的立意,以及强烈反差中催生的批判和反思。作者从现场的喧嚣中捕捉到一个"背影",然后深发开来,让我们看到"八卦"打败老兵的无奈,看到大众文化和主流文化的冲突,看到拂去尘埃的任重道远。

孤独背影,直击人心。本文既有立场又有深度。"老人缓缓从座位上站起身,戴上红围巾,穿上外衣,蹒跚地向场外走去",文章开篇就令人心生震撼。作者用现场感极强的描写,铺陈出场面的反差,有种下里巴人和阳春白雪的格格不入。文末,作者将历史价值与文化反思都浓缩在老人的背影里,让读者犹如醍醐灌顶。老人蹒跚走出会场的落寞背影干净清晰,却又像指甲刮过玻璃般的尖锐,喟叹藏在里面,直击人心。

强化对比,抨击现实。作者独具慧眼,抛开新闻发布会中规中矩的仪式化写法,转而撷取了现场的一个个片段,反映出当前新闻报道中一个值得反思的问题,即新闻报道的低俗化。老人的背影与采访的场景形成强烈对比:蹒跚的步履和被簇拥的明星,被娱记们忽略的老人演讲和受到热捧的明星夫妇互送礼物环节,严肃的电视剧主题和恣意放纵的娱乐话题。作者通过这些细节不仅展现出电视剧《滇西1944》的新闻发布会现场情况,更抨击了新闻娱乐化愈演愈烈的"文化奇观"。

冷静思辨，职业坚守。 作者秉着高度的社会责任感，客观冷静地记录下这一个个不调和的画面。文章并非浓墨重彩，也不是"欲语泪先流"，多番的转引、平实的叙述从细节处慢慢铺展开来。作者以独特的视角、敏锐的洞察力，深入解读、对比了两种不同价值观，批判了新闻报道的低俗化、娱乐化、碎片化。"民族历史中真正有价值的片段却只能从背影里看到"，这一点睛之笔揭露了当今时代只重娱乐、忽视历史的悲哀现实。

如同地宫出土的宝物一样，需要拂去厚重的尘埃，才能令它绽放出原本的光芒。老人肩负的历史也应被正视、被尊重、被铭记。不要让娱乐化的眼光，抹去了"背影"所特有的传奇色彩。

（杜佳）

被收容者孙志刚之死 陈峰 王雷

3月17日：在广州街头被带至黄村街派出所；

3月18日：被派出所送往广州收容遣送中转站；

3月18日：被收容站送往广州收容人员救治站；

3月20日：救治站宣布事主不治；

4月18日：尸检结果表明，事主死前72小时曾遭毒打。

孙志刚，男，今年27岁，刚从大学毕业两年。

2003年3月17日晚10点，他像往常一样出门去上网。在其后的3天中，他经历了此前不曾去过的3个地方：广州黄村街派出所、广州市收容遣送中转站和广州收容人员救治站。

这3天，在这3个地方，孙志刚究竟遭遇了什么，他现在已经不能告诉我们了。3月20日，孙志刚死于广州收容人员救治站（广州市脑科医院的江村住院部）。

他的尸体现在尚未火化，仍然保存在殡仪馆内。

孙志刚死了

先被带至派出所，后被送往收容站，再被送往收容人员救治站，之后不治。

孙志刚来广州才20多天。2001年，他毕业于武汉科技学院，之后在深圳一家公司工作。20多天前，他应聘来到广州一家服装公司。

因为刚来广州，孙志刚还没办理暂住证，当晚他出门时，也没随身携带身份证。

当晚11点左右，与他同住的成先生（化名）接到了一个手机打来的电话。孙志刚在电话中说，他因为没有暂住证而被带到了黄村街派出所。

在一份"城市收容'三无'人员询问登记表"中，孙志刚是这样填写的："我在东圃黄村街上逛街，被治安人员盘问后发现没有办理暂住证，后被带到黄村街派出所。"

孙志刚在电话中让成先生"带着身份证和钱"去保释他。于是,成先生和另一个同事立刻赶往黄村街派出所,到达时已接近晚 12 点。

出于某种现在不为人所知的原因,成先生被警方告知"孙志刚有身份证也不能保释"。在那里,成先生亲眼看到许多人被陆续保了出来,他先后找了两名警察希望保人,但那两名警察在看到正在被讯问的孙志刚后,都说"这个人不行",却并没解释原因。

成先生说,其中一个警察还让他去看有关条例,说他们有权力收容谁。

成先生很纳闷,于是打电话给广州本地的朋友。他的朋友告诉他,之所以警方不愿保释,可能有两种情况,一是孙志刚"犯了事",二是"顶了嘴"。

成先生回忆说,他后来在派出所的一个办公窗口看到了孙志刚,于是偷偷跟过去问他"怎么被抓的,有没有不合作",孙回答说"没干什么,才出来就被抓了"。成先生说,"他(孙志刚)承认跟警察顶过嘴,但他认为自己说的话不是很严重"。

警察随后让孙志刚写材料,成先生和孙志刚从此再没见过面。

第二天,孙的另一个朋友接到孙从收容站里打出的电话。据他回忆,孙在电话中"有些结巴,说话速度很快,感觉他非常恐惧"。于是,他通知孙志刚所在公司的老板去收容站保人。之后,孙的一个同事去了一次,但被告知保人手续不全,在开好各种证明以后,公司老板亲自赶到广州市收容遣送中转站,但收容站那时要下班了,要保人得等到第二天。

3 月 19 日,孙志刚的朋友打电话询问收容站,这才知道孙志刚已经被送到医院(广州收容人员救治站)去了。在护理记录上,医院接收的时间是 18 日晚 11 点 30 分。

成先生说,当时他们想去医院见孙志刚,又被医生告知不能见,而且必须是孙志刚亲属才能前来保人。

20 日中午,当孙的朋友再次打电话询问时,得到的回答让他们至今难以相信:孙志刚死了,死因是心脏病。

护理记录表明,入院时,孙志刚"失眠、心慌、尿频、恶心呕吐,意识清醒,表现安静",之后住院的时间,孙志刚几乎一直"睡眠"。直到 3 月 20 日早上 10 点,护士查房时发现孙志刚"病情迅速变化、面色苍白、不语不动,呼吸微弱,血压已经测不到"。医生在 10 点 15 分采取注射肾上腺素等治疗手段,10 分钟后,宣布停止一切治疗。孙志刚走完了他 27 年的人生路。

医院让孙志刚的朋友去殡仪馆等着。孙的朋友赶到殡仪馆后又过了两个小时，尸体运到。

护理记录上，孙的死亡时间是 2003 年 3 月 20 日 10 点 25 分。

孙志刚是被打死的

尸检结果表明：孙志刚死前几天内曾遭毒打并最终导致死亡。

医院在护理记录中认为，孙是猝死，死因是脑血管意外，心脏病突发。

在向法医提出尸检委托时，院方的说法仍是"猝死、脑血管意外"。据 3 月 18 日的值班医生介绍，孙志刚入院时曾说自己有心脏病史，据此推断孙志刚死于心脏病。但是，这个说法遭到了孙志刚家属和同学的反驳，孙志刚父亲表示，从来不知道儿子有心脏病。

同样，法医尸检的结果也推翻了院方的诊断。在中山大学中山医学院法医鉴定中心 4 月 18 日出具的检验鉴定书中明确指出："综合分析，孙志刚符合大面积软组织损伤致创伤性休克死亡"。

虽然孙的身体表面上看不出致命伤痕，但是在切开腰背部以后，法医发现，孙志刚的皮下组织出现了厚达 3.5 厘米的出血，其范围更是大到 60 厘米×50 厘米。孙志刚生前是一个身高 1.74 米、肩宽背阔的小伙子，这么大的出血范围，意味着他整个背部差不多全都是出血区了。

"翻开肌肉，到处都是一坨一坨的血块。"4 月 3 日，中山大学中山医学院法医鉴定中心解剖孙志刚尸体，孙志刚的两个叔叔孙兵武和孙海松在现场目睹了解剖过程。"惨不忍睹！"孙兵武说，"尸体上没穿衣服，所以伤很明显。"

孙兵武说，他看到孙志刚双肩各有两个直径约 1.5 厘米的圆形黑印，每个膝盖上，也有五六个这样的黑印，这些黑印就像是"滴到白墙上的黑油漆那样明显"。孙兵武说，他当时听到一名参加尸体解剖的人说"这肯定是火烫的"。

孙兵武说，他看到在孙志刚的左肋部，有一团拳头大小的红肿，背部的伤甚至把负责尸检的医生"吓了一跳"，"从肩到臀部，全是暗红色，还有很多条长条状伤痕。"医生从背部切下第一刀，随着手术刀划动，一条黑线显现出来。切下第二刀的时候，显现出一坨坨的黑血块。

法医的检查还证明，死者的其他内脏器官没有出现问题，"未见致死性病理改变"。

法医的尸检结果表明：孙志刚死亡的原因，就是背部大面积的内伤。

鉴定书上的"分析说明"还指出,孙的身体表面有多处挫擦伤,背部可以明显看到条形皮下出血,除了腰背部的大面积出血以外,肋间肌肉也可以看到大面积出血。

"从软组织大面积损伤到死亡,这个过程一般发生在 72 小时内。"广州市第一人民医院一名外科医生介绍:"软组织损伤导致细胞坏死出血,由于出血发生在体内,所以眼睛看不见,情况严重会导致弥散性血管内凝血,这一症状也被称作 DIC。DIC 是治疗的转折点,一旦发生,患者一般会迅速死亡,极难救治。所以类似的治疗,早期都以止血、抗休克为主,目的是阻止病情进入 DIC 阶段。没有发生 DIC,患者生还希望极大。"

3 月 18 日晚上 11 点 30 分,孙志刚被收容站工作人员送到医院(广州市收容人员救治站)。当天值班医生在体检病历"外科情况"一栏里的记录只有一个字:"无","精神检查"一栏里的记录是"未见明显异常,情感适切",初步印象判断孙志刚患有焦虑症或心脏病。

对于孙志刚背部大面积暗红色肿胀,双肩和双膝上可疑的黑点以及肋部明显的红肿,病历上没有任何记录。在采访中,当晚的值班医生承认,由于当晚天黑,没有发现孙志刚的外伤,第二天,"由于患者穿着衣服,也没有主动说有外伤",还是没有发现孙志刚严重的外伤。

"(护理记录中)所谓的睡眠很可能其实是休克,"广州市第一人民医院的外科医生说。"由于内脏出血,血压下降,患者会出现创伤性休克,这是发生 DIC 症状的前兆之一,应该立即采取抢救措施。"

但是护理记录上,还只是注明"(患者)本班睡眠"。

按法医的说法,孙志刚体内的大出血,是被钝物打击的结果,而且不止一次。"一次打击解释不了这么大面积的出血。"一名不愿意透露姓名的法医在看完尸检结果以后说。

从尸检结果看,孙志刚死前几天内被人殴打并最终导致死亡已是不争的事实。

更值得注意的是,孙身体表面的伤痕并不多,而皮下组织却有大面积软组织创伤。法医告诉记者,一般情况,在冬季穿着很厚的衣服的情况下,如果被打,就会出现这种情况。

而 3 月 17 日至 3 月 20 日的有关气象资料表明,广州市温度在 16℃～28℃之间,这样的天气,孙当然不可能"穿得像冬天一样"。

那 3 天,孙志刚在黄村街派出所、收容站和医院度过的最后生涯,看来远不像各种表格和记录中写得那么平静。

孙志刚该被收容吗?

有工作单位,有正常居所,有身份证,只缺一张暂住证。

接到死者家属提供的材料以后,记者走访了孙志刚临死前 3 天待过的那 3 个地方。

黄村街派出所拒绝接受采访,称必须要有分局秘书科的批准。记者赶到天河分局,在分局门外与秘书科的同志通了电话,秘书科表示,必须要有市公安局宣传处新闻科的批准。记者随后与新闻科的同志取得了联系,被告知必须先传真采访提纲。记者随后传了采访提纲给对方,但截至发稿时,尚没有得到答复。

广州市收容遣送中转站的一位副站长同样表示,没有上级机关的批准,他无法接受采访。记者随后来到广州市民政局事务处,该处处长谢志棠接待了记者。

谢志棠说,他知道孙志刚死亡一事。"收容站的工作人员都是公务人员,打人是会被开除的,而且收容站有监控录像",谢志棠说,孙为什么被打他不清楚,但绝对不会是在收容站里被打的。在发现孙志刚不适以后,他们就立刻把孙送进了医院。

"我有百分之九十九点八的把握可以保证,收容站里是不会打人的。"谢志棠说。谢志棠还说,孙被送到收容站的时间并不长。

与广州市收容遣送中转站一样,收治孙志刚的广州市脑科医院的医教科负责人也表示,孙的外伤绝对不是在住院期间发生的。这名负责人介绍,医院内安装有录像监控装置,有专人负责监控,一旦发现打架斗殴,会立即制止。记者要求查看录像记录,该负责人表示,将等待公安部门调查,在调查结果没出来前,他们不会提供录像资料给记者。

孙志刚是被谁打死的?

民政局认为收容站不可能打人,救治站否认孙的外伤发生在住院期间,黄村街派出所拒绝接受采访。

在离开收容站前往医院时,孙志刚曾填写了一张"离站征询意见表",他写的是:满意! 感谢! 感谢!

现在已经无从知晓孙志刚当时的心情,也不知道他为什么要连写两个"感谢",是在感谢自己被收容吗?

记者在翻阅有关管理条例并征询专业人员以后才发现,孙志刚似乎并不属于应该被收容的对象。

在广东省人民代表大会常务委员会 2002 年 2 月 23 日通过并已于同年 4 月 1 日实施的《广东省收容遣送管理规定》中明确规定,"在本省城市中流浪乞讨、生活无着人员的收容遣送管理工作适用本规定"。

黄村街派出所的一位侦查员在填写审查人意见时写道:"根据《广东省收容遣送管理规定》第九条第 6 款的规定,建议收容遣送。"

这一款是这样规定的:

第九条有下列情形之一的人员,应当予以收容:

……(六)无合法证件且无正常居所、无正当生活来源而流落街头的。

规定中还明确规定:"有合法证件、正常居所、正当生活来源,但未随身携带证件的,经本人说明情况并查证属实,收容部门不得收容"。

孙志刚有工作单位,不能说是"无正当生活来源";住在朋友家中,不能说是"无正常居所";有身份证,也不能说是"无合法证件"。

在派出所的询问笔录中,很清楚记录着孙本人的身份证号码,但是在黄村街派出所填写的表格中,就变成了"无固定住所,无生活来源,无有效证件"。

孙志刚本人缺的,仅仅是一个暂住证。但是记者在任何一条法规中,都没查到"缺了暂住证就要收容"的规定。记者为此电话采访广州省人大法工委办公室,得到了明确的答复:仅缺暂住证,是不能收容的。

能够按广州市关于"三无"流浪乞讨人员管理的有关规定处理的,仅仅是不按规定申领流动人员临时登记证,或者流动人员临时登记证过期后"未就业仍在本市暂住的"人员。

但不知为什么,在黄村街派出所的询问笔录中,在"你现在有无固定住所,在何处"和"你现在广州的生活来源靠什么,有何证明"这两个问题下面,也都注明是"无"。

成先生已经向记者证实孙志刚确实是住在他处的。此外,记者也看到了服装公司开出的书面证明,证明孙是在"2003 年 2 月 24 日到我公司上班,任平面设计师一职,任职期间表现良好,为人正直,是我××服装有限公司的工作人员"。

为何在有孙志刚签名的笔录中,他却变成了"无生活来源"呢? 这到现在也是个未解之谜,民政局的谢处长对此也感到很困惑,"他一个大学生,智商不会低,怎么会说自己没有工作呢?"

于是,按照询问笔录上的情况,孙志刚变成了"三无"人员,派出所负责人签名"同意收容遣送",市(区)公安机关也同意收容审查。于是,孙志刚被收容了,最后,他死了。

孙志刚的意外死亡令他的家人好友、同学老师都不胜悲伤,在他们眼中孙志刚是一个很好的人,很有才华,有些偏激,有些固执。孙的弟弟说:"他社会经验不多,就是学习和干工作,比较喜欢讲大道理。"

孙志刚的同班同学李小玲说,搞艺术的人都有自己的个性,孙志刚很有自己的想法,不过遇事爱争,曾经与她因为一点小事辩论过很久。

孙志刚死亡后,他的父亲和弟弟从湖北黄冈穷困的家乡赶来,翻出了孙生前遗物让记者看,里面有很多获奖证书。"他是我们家乡出的第一个大学生。"不过,现在孙的家人有点后悔供孙志刚读大学了,"如果没有读过书,不认死理,也许他也就不会死……"

(《南方都市报》,2003 年 4 月 25 日)

作品赏析:

《被收容者孙志刚之死》在《南方都市报》上一经发表,便得到了业界和社会的广泛关注。同年 8 月 1 日,我国收容制度被废止。就此,"孙志刚案"成为我国媒体监督互动及对舆论良好传播的成功范例。作者将"铁肩担道义"的强烈正义感和"用事实说话"的职业操守融入其中,以客观的立场、冷静的笔调描述了事件的来龙去脉,将有悖宪政理念和法治文明的收容审查制度推上了正义的"审判台"。

巧用标题,职业化叙述。本文的标题先声夺人,明确指出事件主人公的身份是一位"被收容者",将视角聚焦到这一被社会漠视的群体上。文中的四个小标题"孙志刚死了""孙志刚是被打死的""孙志刚该被收容吗?""孙志刚是被谁打死的?",探寻了死者生前的经历与死因,披露了孙志刚之死的非正常性,质问了收容审查制度的合理性。

理性的判断、冷静的思考和克制的叙述,是记者职业化要求中最重要的一方面。陈峰、王雷的采写以一个年轻生命的消逝,最终换来了一部"恶法"的终止,这正是他们"基于对民间疾苦的关注,做出了体现职业价值、具有职业荣誉的报道"。本文是记者自我之"像"忠于事实之"像"的一篇佳作,体现了新闻报道应该达到的职业价值——最大可能的"客观、公正,深藏倾向性与事实的报道中"。

　　逻辑缜密,用事实说话。 本文用简单的四个逻辑层次,打破了以往国内类似报道"你说我说大家说"的讨论模式,并依照事件本身的逻辑结构布局。同时,文章没有一句关于孙志刚是被谁打死的主观臆断,没有一句谁是凶手的妄言。作者克制自己的主观情绪,以谨慎的态度,将自己的观点融入事实的叙述中,让读者去体悟与感受隐藏在文字背后的真相。

　　作者从"城市收容'三无'人员询问登记表"中找出漏洞,并一个一个地捅破给读者看。从护理记录与死亡鉴定书的对比中来挑明死因,甚至插入当时的天气情况以证明一系列疑点的存在。记者把派出所如何找托词、如何拒绝采访等细节,详尽而具体地呈现给读者。全文准确而客观地报道事实,尽可能完整清晰地还原真相,以此使事件具有"不同寻常性的震撼力"。

(李晴晴)

断电使纽约陷入一片黑暗〔美〕罗伯特·麦克兰法

纽约市和韦斯切斯特县昨晚由于电力供应中断而陷入黑暗，打乱了将近九百万人的正常生活。

昨晚供电中断的情况虽然不像 1915 年 11 月发生在东北部、使几个州陷入黑暗的那次事故那样严重，但是在一些方面却使人感到其影响更为恶劣。在曼哈顿、布朗克斯和布鲁克林普遍发生了抢劫事件，在停电四小时后警察开始抓人，共逮捕了九百人。

几千名地铁乘客困在两个车站之间，但情况不像十二年前在上下班高潮期间使广大乘客待在地铁里的事故那样严重。

另外还有成千上万的人昨晚被关在电梯里动弹不得。住家和公寓一团漆黑。人们跌跌撞撞、川流不息地走出剧场、饭店和关门很迟的商店及办公地点。在有些地区，人们在街上转来转去直到今天清晨。

布朗克斯拘留所的犯人在这座建筑物的四层楼放了火之后，曾经短时间地控制了警卫室。两家大医院的备用发电机出了毛病。该市不少地方发生了火灾。

肯尼迪国际机场和拉瓜迪亚机场都关闭了，飞机转到纽瓦克、波士顿和其他城市的机场降落。

虽然整整一夜直到清晨都陷于这场灾难之中，但没听说有人死亡或受重伤。

这个城市是昨晚九点半之后突然停电的，是在北韦斯切斯特一家重要的发电厂——爱迪生发电总厂一输电线路遭雷击之后陷入黑暗之中的。就像多米诺骨牌在韦斯切斯特和纽约市接连倒下去一样，后来负荷超载的输电线路也自动断路了。

昨晚断电之后，各医院都用应急发电设备供电。但是，位于曼哈顿闹市区的贝尔维尤医院和布鲁克林犹太医院的应急发电设备失灵。布鲁克林犹太医院负责安全的人员说，停电时医院"乱成一团"。

曼哈顿警察局开动备用发电设备照明，并继续办公。

在布朗克斯拘留所，犯人在第三、第四、第五和第六层楼上把床单点着放火，但没有扣留看守人员作为人质。现在还不清楚有多少犯人参加了暴乱。

布朗克斯监狱是该市唯一断电的监狱。其他教养感化机构的备用发电机都正常运行。

在全市各地重要路口，平民手拿手电筒同警察一道在没有路灯的大街上疏导行人。

有消息说，普遍发生了抢劫和破坏行动。警车的警笛尖声呼啸驶过纽约市漆黑的大街。人们纷纷拨警察局紧急电话911求助，使接线生应接不暇。依靠紧急情况下使用的警方联络系统，很难同别的地方，特别是远郊区的无线电巡逻车建立联系。

警察局长科德命令所有不值班的人员都向附近的分局或派出所报到，实际上是让他的全部下属两万五千人倾巢出动。在断电期间，约有三千名穿警察制服的人员执勤。

除了警察之外，所有消防队员和拘留所的看守人员都奉命立即报到，不值班的消防队员接到通知后到离家最近的消防站或派出所报到。

布鲁克林富尔顿大街在断电之后发生了"相当严重"的抢劫事件。商店门窗全部被捣毁，商店遭到抢劫。

在布鲁克林逮捕了许多人，多得把警官搞糊涂了。警官把犯人带到第八十四派出所，结果由于忘记签发逮捕证，犯人又陆续被放掉了。

抢劫似乎是危及安全的最大问题。

后来有许多警察回来了，并逮捕了许多扔瓶子的人。其中有的被拘留的人在被抓进派出所时还随身携带着偷来的电视机和衣物。

据说在布朗克斯大广场也发生了抢劫，在哈莱姆区和布鲁克林闹市区发生了扔瓶子事件，造成至少有四名警察官员负伤并被送进医院。

这个城市的许多装垃圾的篮子被人放火烧掉了。

（《纽约时报》，1977 年 7 月 15 日）

作品赏析：

这是一篇关于纽约突发性事件的报道。报道全用事实说话，作者不直接进行评论。报道用平实的语言将断电的后果，断电的原因，断电后警察局、消防队和拘留看守人员采取的措施都有层次地描述出来，表现了纽约断电后的真实场面。

典型事例，展现断电后的黑暗与混乱。 本文段落虽多达二十二段，但几乎每段都是一个相对独立的事实。在曼哈顿、布朗克斯和布鲁克林普遍发生抢劫事件，"在停电四小时后警察开始抓人，共逮捕了九百人"；几千名地铁乘客被困在车站；成千上万的人深陷电梯；街上行人一片混乱；布朗克斯拘留所里犯人纵火、暴乱；纽约两家大医院发动机失灵；该市不少地方发生了火灾；机场关闭，飞机转降；警车的警笛充斥纽约市漆黑的大街；逮捕的人多得把警官搞糊涂了；"由于忘记签发逮捕证，犯人又陆续被放掉了"；有些被拘留的人随身带着偷来的电视机和衣物；"许多装垃圾的篮子被人放火烧掉"……"整整一夜直到清晨都陷于这场灾难之中"。作者通过描写断电后人们慌乱不安的行为，表现了纽约断电后的黑暗和混乱。

精巧构思，层次分明地串联独立场景。 作者描写了众多的场景，却不显繁杂、紊乱。在黑暗中，几千名地铁乘客困在两个车站间，但情况"不像十二年前在上下班高潮期间使广大乘客待在地铁里的事故那样严重"；人们跌跌撞撞、川流不息地走出剧场、饭店和关门很迟的商店及办公地点，有些人彻夜在街上转来转去；布朗克斯拘留所的犯人曾短时间控制了警卫室；商店的门窗全部被匪徒捣毁，商店遭到抢劫；"布鲁克林犹太医院负责安全的人员说，停电时医院'乱成一团'"……从断电后街道、地铁、电梯、拘留所、机场、电厂、医院的混乱到断电原因——"爱迪生发电总厂一输电线路遭雷击"在韦斯切斯特和纽约市引发多米诺骨牌效应，再到警察局人员为挽救后果而采取的紧急措施——"让他的全部下属两万五千人倾巢出动""约有三千名穿警察制服的人员执勤""所有消防队员和拘留所的看守人员都奉命立即报到"。作者有条理、有层次地描述了混乱局面，客观冷静地把断电后果展现在读者面前。虽然涉及的范围方方面面，造成的危害无法推断、无法估量，但作者条理清晰地把各种事情串联起来，而又彼此相对独立，多而不烦琐，活而不凌乱，层次分明。

（张西）

黑色的咏叹（节选）雷收麦 叶研 李伟中 贾永

无情的焚烧，无情的冶炼。

在大兴安岭特大森林火灾的熊熊烈火中，我们看到了许许多多的人。在巨大的灾难面前，被焚烧、被升华的不仅是物质，还有人的灵魂。

自我保全——人的种种选择

自我保命——人类与生俱来的欲望。然而，当自我保护的能力在灾难面前显得那样渺小时，人呐，你将做何选择？

A.生离死别——在那悲怆的瞬间

漠河县那位本来就不愿透露姓名的工人师傅，吞吞吐吐地讲述了他的逃难经历。一个五尺高的汉子，眼角挂着一颗晶莹的泪珠。

大火临近了，他扶着年迈的母亲，扯着两个刚刚懂事的孩子，跌跌撞撞地冲出了家门。大火拖着浓烟，以比汽车还快的速度从后面追扑过来。附近都是呼呼燃烧的火苗，没有一处安全地带。越是焦灼，步子越慢，尤其那年迈的老母亲，紧张得难以支撑身子骨，更谈不上走路了，而身后的大火还在一丈一尺地逼近。

眼下，已经没有能力把母亲和两个孩子一齐带走了。他只能顾及一头，否则就会一同葬身火海。

进退维谷，老母亲是万万不能扔下的！她老人家那么大年龄，行动缓慢，扔了，就等于把她掷给了死神……

突然，眼前出现一个沙丘，急中生智，他把两个孩子叫到身前："爸把你们埋在这里，千万不要乱动，火一会儿就能过去，把你奶奶送走，爸就来接你们。"

烟很浓，孩子看不到爸爸眼角的泪花。懂事的孩子乖乖地趴到沙坑里，沙子，一把把地埋在他们身上……

他回头望了望沙坑里的孩子，背起母亲，甩开大步，追赶逃难的人群……

当他返回时,火已经烧过去了,沙坑里的两个孩子虽被烧伤,却保住了性命。看着那些被大火夺去生命的遗骨,他不免有几分庆幸,多亏了这个沙坑!

并非每个人都能遇到这样的"沙坑"。

在她和丈夫之间,只能有一种选择!

烈火近在咫尺。她,一位被阿木尔林业局连年命名的"三八红旗手",已哭成一个泪人。

十余年前,丈夫因公负伤,瘫痪在床。她守护着他,照料着他,如同侍弄襁褓里的孩子。青梅竹马的恩爱夫妻,两颗心早已熔铸到一起。她给他带来了生的勇气,活的乐趣。

"不能背你走,我就守着你。要死,咱俩也死在一块。"一个羸弱的女人,在烈火面前做出了自己的抉择。

"你要是真的爱我、可怜我,快带孩子逃命去吧!"不能让她为自己殉葬——一个瘫痪的男子汉的抉择。

"不!我不能丢下你不管。"

"我求求你了,不为别的,只为了咱们的孩子,快,快走吧!"

"不。"一双泪眼注视着丈夫。

"快走,你给我快走,你这是在坑害我呀……"他挣扎着,发怒了,就像一头狮子一样地吼叫着。

生离死别:她走了,泪人似的带着孩子走了。

大火,吞噬了她的家。大自然撕毁了一个和谐的家庭。

自我保护——保护自身,保护自己的骨肉亲人,保护自己的财产以便灾后生存——这便是人类得以生存,得以繁衍的最原始的动力。

......

C.终于公开的"秘密"

"你们到底掌握了什么秘密?"这是某县某部门对本报记者进行两天单独讯问时的问话。

5月20日,从灾区采访回来的记者,在招待所餐厅目睹一些人大吃大喝的场面,职业的敏感驱使记者取来相机拍摄了这里的场面。此时,这里"高潮"已过,桌面上尚有几名食客与六七盘菜肴。

不多时,县旅游局副局长兼招待所所长带着几个粗壮的汉子闯了进来,一把扭住记者的衣领："你就是李先念的儿子、邓小平的孙子,今天我也整死你!"几个人一拥而上,扭住了记者的胳膊。

"砸他的相机!"一片吼声。

此时,县委李副书记敞披着大衣,站在人群背后,对几个公安干警说:"不能放过这四个记者。"

在场的《人民日报》记者,《农民日报》记者和新闻电影制片厂的记者无不义愤。某报记者问李副书记:"你怎么不管?"李悻悻地说:"反正漠河也没好了,愿意咋的咋的吧!"

另一名记者取出相机想拍下这不该发生的场面,一个干部伸出手来挡住镜头,粗声喝止:"不准拍照!"第三名记者上前劝阻,竟也遭了拳头。

于是,在对记者的单独讯问中出现了这样的发问:"你们到底掌握了什么秘密?"

是的,到了公开"秘密"的时候了。害怕别人掌握"秘密",羞于亮出自我,人类怎能认识自己!

（《中国青年报》,1987 年 6 月 27 日）

🌹 作品赏析:

《黑色的咏叹》叙述了火灾背景下的人物命运和人在极端场合下的表现,寄予着爱与恨、痛与伤、数不尽的惋惜与希望。何为希望? 生之所望!

危险境地里的毅然守护。 在自然面前,有那么一群人,无畏艰险,他们赴的是一场没有护栏的险崖。在自然与生命的这场较量中,微不足道的他们赋予自己精神的盔甲。"眼下,已经没有能力把母亲和两个孩子一齐带走了。他只能顾及一头,否则就会一同葬身火海""不能背你走,我就守着你。要死,咱俩也死在一块"。面对选择,面对死亡,坚定地守护着亲人生的权利。他们将"保护自身,保护自己的骨肉亲人"铭记在心,举起利剑劈向饕餮似的火魔。越危险,越匍匐;越困难,越坚强。当肆虐的火魔被击败后,他们"保护自己的财产以便灾后生存""这便是人类得以生存,得以繁衍的最原始的动力"。

虚荣外衣下的残忍真相。 "你们到底掌握了什么秘密?"对于所有人来说,黑色无疑是伤心的保护色,而在笔触下的大兴安岭用驱之不去的黑色笼罩着生命边缘的希望。透过这些缭乱炫目的虚光,我们将看到问题的深层,也看到深层的问题:

"从灾区采访回来的记者,在招待所餐厅目睹一些人大吃大喝的场面",当眼前之利蒙蔽双眼之时,为什么不能"拨开云雾,看青天"? 自由主义报刊理论一直倡导"意见的自由市场":真相不会随着一把火的熄灭而尘封于世,亦不会随着生命的终结而灵神俱散。"惨重的损失,深刻的教训":纵然天灾,人祸亦不可不见,"反正漠河也没好了,愿意咋的咋的吧"! 官僚弊端的横行,让人类羞于亮出自我,又怎能奢谈认识自己?

报道用振聋发聩的声音提出,这次大火是天灾,更是人祸。它披露了官僚主义,触及体制弊端,在全国人民心中激起的震撼和思考已远远超过了大火本身。

(訾小南)

PX 产业，我们可以不发展吗 沈小根

近一段时间，PX（对二甲苯）项目成为社会关注的热点。作为普通低毒类化学品，PX 一方面受到一些地方政府的推崇，另一方面又引起一些民众的担忧。同时，作为石油化工的中间产品，PX 背后是世界范围内的庞大产业。2011 年 9 月 15 日，"求证"栏目曾刊登《PX 项目风险有多大》一文，对公众关心的问题进行解答。目前全球 PX 产业发展状况究竟如何？ 近日，"求证"栏目记者再次进行了调查采访，近期逐步推出。

PX 项目已有不少，为何仍要上马？

【答疑】十年来，我国 PX 自给率从近九成跌至五成；从世界 PX 产业供需情况看，中国缺口最大。

分析近年来的数据，造成我国 PX 需求缺口巨大的主要原因有两个。"一、我国是纺织生产和出口大国，下游 PTA① 产能从 2000 年的 200 多万吨发展到 2012 年的 3 200 多万吨，导致对 PX 的需求大增。二、PX 事件引发的争议，使政府和企业决策更加慎重，放弃或缓建 PX 项目，导致 PX 产能发展滞后。"中国石油与化学工业联合会副会长李润生（这样）认为。

有人质疑，PX 已经在我国高速发展，各地再上马是不是"一窝蜂"？ 事实上，有数据显示，2010 年以来，国内的 PX 产量没有太大增长，一直在 800 多万吨水平，而 PTA 下游市场的火热发展，让产能缺口日益凸显。（表一）

---

① 编者注：PTA 即精对苯二甲酸，是重要的大宗有机原料之一。

近年中国PX供需情况表(表一)

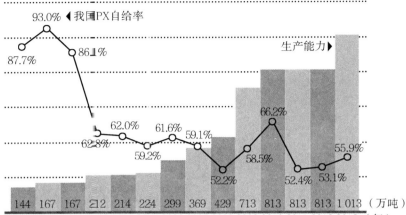

年份	2000	2001	2002	2003	2004	2005	2006	2007	2008	2009	2010	2011	2012	2013预计
生产能力(万吨)	144	167	167	212	214	224	299	369	429	713	813	813	813	1 013
我国PX自给率	87.7%	93.0%	86.1%	62.8%	62.0%	59.2%	61.6%	59.1%	52.2%	58.5%	66.2%	52.4%	53.1%	55.9%

数据提供:石油和化学工业规划院

李润生根据国内 PTA 和 PX 的发展情况,算了一笔账。"2006 年,我国 PTA 产能 900 万吨,PX 产能约 290 万吨,缺口 160 万吨;2009 年,PTA、PX 产能基本平衡;2012 年,PX 缺口近 470 万吨。根据国内在建、拟建计划,2015 年中国 PX 需求量将达 2 200 万吨左右,如果目前国内拟建的装置不能如期建设,则 2015 年进口量将超过 1 200 万吨。"事实上,国内的 PX 自给率已从 2000 年的约 88% 降至 2012 年的约 53%。

"PX 价格主要基于供需关系的变化。2009 年基本在 8 500 元/吨,近年已上升到 11 500 元/吨上下,利润空间较大。"李润生说,较为丰厚的利润空间,使周边国家对 PX 建设及扩容给予较高热情与关注。(表二)

近年PX平均价格(表二)

单位:元/吨

年份	2009年	2010年	2011年	2012年	2013年4月
平均价格	8 514	8 354	11 864	11 346	12 500

数据提供:中国石油和化学工业联合会

记者了解到,日本位于茨城和千叶约 120 万吨的 PX 装置,在"3·11"大地震中受影响停工,但震后随即恢复生产且负荷持续提升。目前,日本出口 PX 的 60% 输往我国。韩国也在不断扩充 PX 产能,未来出口将占其总产量 50% 左右。新加坡新上的 80 万吨 PX 装置将于 2014 年投产,产品全部出口中国。沙特也在持续投资该领域,目标市场同样为中国内地。(表三)

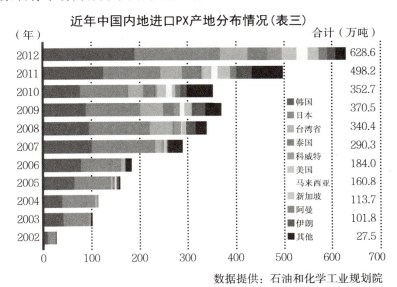

近年中国内地进口PX产地分布情况(表三)

数据提供: 石油和化学工业规划院

一面是海外 PX 厂商跃跃欲试,一面是国内 PX 产能提升有限。对此李润生认为,"我们并不排斥进口、用国外资源弥补不足,但我们也要立足自主生产,坚持以我为主,不能把缺口越留越大"。

我国不发展 PX 产业会怎样?

【答疑】PX 与吃穿住行都有关联,发展 PX 是炼油业资源利用的要求,也是出于国计民生的需要。

有人提出:既然多国输出 PX,何不多进口解决问题?我们自己别发展 PX 行不行?

石油和化学工业规划院总工程师李君发告诉记者,PX 价格上升对我国不利,"但最大的问题是,对于国际市场的 PX 价格,不生产就没话语权,价格大起大落,会严重影响整个产业链的发展。"李君发说。

对此,化纤协会秘书长王玉萍深有体会。她表示,目前企业大量从国外进口 PX,一旦价格发生波动,下游企业就有遭受损失的风险。这种情况在 2008 年和

2011 年第四季度都发生过。"我们得先采购原料,再进行聚酯、纺织面料及服装生产。假如生产完聚酯,原料突然降价,下游各环节价格都降,但当初买原料时是高价啊,聚酯企业必然遭受损失。"

发展 PX 并非只关系到下游企业的盈亏。李润生说,在我国加工的原油中,相当多一部分原油潜芳烃含量较高,在炼制过程中需要芳烃抽提,发挥这一部分资源的作用和价值,具备条件的大炼厂配套建设 PX 是资源高效利用的客观要求。

我国是人口大国,用自然纤维无法满足人民穿衣需求,发展合成纤维替代是解决穿衣问题的重要途径。据了解,目前我国合成纤维已占纺织纤维产量的 70%,其中用 PX 生产的涤纶纤维又占合成纤维总量的 80% 以上。李润生说,去年我国涤纶纤维产量达 2 800 万吨,按每万吨合成纤维相当于 7 万亩棉田的棉花产量计算,相当于节约了 1.9 亿~2 亿亩棉田。

李润生说:"石化产业从炼油到 PX,以及随后的聚酯、抽丝、纺织、印染、服装,每个环节几乎都是一个庞大的产业群,不仅能带动就业,还有大量的社会财富被创造出来。"

据了解,PX 用途很广,与我们的日常生活息息相关。PX 下游主要用于生产 PTA 及 PET[①],并最终用于生产衣服、饮料瓶、食用油瓶等。在工业应用中,PX 主要用作生产聚酯纤维和树脂、涂料、染料,在生产香料、医药、杀虫剂、油墨、黏合剂等领域都有广泛应用。

<h3 style="text-align:center">PX 是被欧美淘汰的落后产业吗?</h3>

【答疑】PX 产能集中在亚洲,是由市场经济规律和世界贸易格局决定的,并非由于环保因素及淘汰落后产能。

当前,全世界 PX 的总产能约为 3 900 万~4 000 万吨,亚洲大约在 2 800 万~3 000 万吨,全世界的 PX 产能 3/4 集中在亚洲。对此,国内有人质疑:PX 是不是被欧美淘汰转移过来的落后产业?

李润生表示,PX 产能集中在哪儿,由市场经济规律和世界贸易格局决定。产品靠近资源和市场,是不变的规律。我国作为纺织生产、消费和出口大国,PTA 发展强劲,相应产业自然会向需求最旺盛的地区转移。这不是因污染环境和淘汰落后产能而出现的调整。

---

① 编者注:PET 即聚对苯二甲酸乙二醇酯,被广泛用作纤维、薄膜、工程塑料等。

业内人士透露，一直以来，PX 的核心工艺技术被美国 UOP、法国 IFP 等国外大公司垄断，其巨额专利费占项目总投资的 10%～15%。现在中石化已成为世界上第三家具有自主知识产权芳烃成套技术的公司。

李君发说，目前各国 PX 的技术水平都差不多。中国由于发展较晚，反而更有后发优势。因为一上马都是最新装置，在节能、环保、能耗上，都是世界先进水平。反观 20 世纪六七十年代开始上马的美国，80 年代上马的韩国，想提升技术水平，得在原有基础上升级。中国 PX 建设往往一步到位，运作模式、装备水平比他们改造的要好。

<h2 style="text-align:center">PX 生产安全吗?</h2>

【答疑】PX 项目在全世界运行几十年，未出过大的安全生产事故。

近几年，化工厂常与环境污染联系在一起。李君发觉得 PX 企业在这点上"很冤枉"。据他了解，国内出事故的往往是小化工厂，而像 PX 这种大项目，运行几十年来，全世界没出现过大的安全生产事故。从 1985 年上海建设第一个 PX 装置起，国内已有十几套装置，目前设备均正常运行，没有出现安全生产重大事故。

"PX 遇到的争议对未来大型石化项目的建设和发展提出了新的课题。"李润生不讳言当前 PX 产业遭遇的困境。但从国家产业发展全局考虑，他认为，"在有需求、有资源、有技术、有条件的前提下，PX 应当发展，但一定要坚持以人为本、科学规划、环保优先，实现大型石化项目与社区的和谐发展。同时，已规划并通过国家环评的项目建设应受到相应保护"。

(《人民日报》,2013 年 7 月 30 日)

作品赏析:

不管是 2013 年 6 月云南昆明发生的抗议炼油一体化事件，还是 2014 年 3 月的广东茂名 PX 事件，抑或是 2014 年 4 月的 PX 词条保卫战，都在国内引发广泛关注。针对 PX，《人民日报》"求证"栏目曾推出《探析 PX 之惑》系列报道，澄清 PX 产业以及相关项目发展的一些片面观点和错误认识，本文是其第一篇。

图表数据，呈现我国 PX 产业现状。本文通过配发三个图表，使读者大致了解我国 PX 产业的总体情况。表一是"近年中国 PX 供需情况表"，反映了近年国内 PX 产量的缓慢增长，产能缺口急剧扩大；表二是"近年 PX 平均价格"，呈现了近年 PX 价格持续上扬的趋势，表明 PX 产业利润空间较大；表三是"近年中国内地进口

PX 产地分布情况"，韩国、日本、泰国等都是我国 PX 进口的主要产地，"海外 PX 厂商跃跃欲试"，而"国内 PX 产能提升有限"。三个简洁明了的图表数据，不仅在总体上呈现出我国 PX 产业的现状，也表明了我国"并不排斥进口、用国外资源弥补不足"，同时"也要立足自主生产，坚持以我为主，不能把缺口越留越大"的态度。

四问四答，解释 PX 项目重重疑惑。"PX 一方面受到一些地方政府的推崇，另一方面又引起一些民众的担忧"，文章开篇就指出 PX 的争议性，紧接着提出了四个问题——已有不少 PX 项目为什么还要上马、不发展 PX 产业会怎样、PX 是否是被欧美淘汰的落后产业、PX 生产是否安全。本文针对这些问题，采用一问一答的方式，层层解析有关 PX 项目的疑惑。如文中用"十年来，我国 PX 自给率从近九成跌至五成；从世界 PX 产业供需情况看，中国缺口最大"，揭示了 PX 项目发展的迫切要求；以"PX 产能集中在亚洲，是由市场经济规律和世界贸易格局决定的，并非由于环保因素及淘汰落后产能"，证明 PX 产业并非是欧美淘汰的落后产业；用"PX 项目在全世界运行几十年，未出过大的安全生产事故"来佐证 PX 生产的安全性。四个问题的解答，让读者一步步地对 PX 项目的发展有了更清晰的认识。

文章通过对国内外的实地调查、翔实可靠的数据进行分析，就大众对 PX 项目发展的认识误区进行理性释疑，并从我国实际情况出发分析 PX 项目发展的需要和意义，从国家产业发展全局考虑提出"PX 应当发展"的合理性建议，具有较强的针对性和指导性。

（张西）

人人有权抵制恶俗 秋风

中国音乐家协会在京召开了一个座谈会，若干"老艺术家"抨击当下网络歌曲的种种恶俗之风，并集体签订了一份抵制恶俗网络歌曲的倡议书。这种做法让某些评论家大为反感，纷纷以捍卫自由的名义提出批评。最有意思的是五岳散人先生，先是将艺术家们提出的"抵制"理解为"禁"，然后就大发一通议论。

请注意，至少从新闻报道上看，这些人士只是"倡议抵制"，并没有呼吁政府查禁，他们自己似乎也没有查禁的权力。当然，这些老艺术家们会不会把自己的抵制活动变成政府的查禁活动，需要密切关注。在中国，不少老人、小人确实有跑到官员那里告状的嗜好和传统。但在抵制倡议变成政府查禁之前，最好还是尊重人家抵制的自由。

很多人受约翰·密尔那本《论自由》的误导，对自由有一种扭曲的理解，把任何批评、抵制都理解为不宽容，理解为对他人自由的侵害。在他们看来，一个人跑到大街上脱掉裤子，或者在网络论坛上"随地大小便"，是一种神圣的自由，他人说不得也碰不得，一说一碰就是侵害那人的自由。

确实，在一个法治国家，借助于政府之强制性权力执行的法律，理应有其界限。当其涉及个人领域、言论、表达等领域的时候，应当十分审慎。一个富有生机的国家，理应给予言论以最大限度的自由。所以，国家广电总局①禁止广播、电视播放某类节目，笔者是持批评态度的。

但是，此处之自由，基本上只与国家权力相对，乃是要求国家权力限制其行动，而社会却不在此限。人人有表达的自由，哪怕是表达丑恶行径、恶俗音乐，冒犯国家、民族象征之言论、行为。对此，国家确实应当尽可能地保持克制。但是，对于所有这类表达活动，社会，也就是说其他民众，不论是从专业角度，还是纯粹基于情

---

① 编者注：今国家新闻出版广电总局。

感,或者党派信念,都可以做出回应,甚至是激烈的回应。至于其回应的激烈程度,仅以法律所禁止的为限。

这是一种对等的自由。在社会中,你当然可以做不道德的事情,在深受法国文化传统影响的某些人士看来,做不道德的事情的权利反而是自由的真谛所在。就此类行为,你也确实可以基于法治、宪政原则要求国家不去干预你。但是,你没有资格要求别人不批评、攻击你、骂你、鄙视你、谴责你,乃至不理睬你、歧视你,最后让你在孤独中死亡。

每个人必须准备承担行使自己的自由的全部社会代价。这看起来有点残忍,但社会就是通过这种机制,维持其秩序之基本稳定的。如果没有这种道德谴责机制,那社会很可能早就解体了,而这显然是大多数人不愿意看到的。

类似的,你有表达的自由,其他人有拒绝的自由,也有批评乃至痛斥的权利。这种拒绝可以以个人身份进行,也可以以集体身份进行。你可以在网络上发布歌曲,别人当然可以给你贴上恶俗的标签,而那些老艺人也可以自己进行抵制,更可以发表倡议书,号召全社会抵制你。你自己在放纵自己,当然没有资格要求他人闭嘴。

事实上,与道德谴责机制具有同样的功用,这种社会内部的批评机制对于一个社会维持其主流价值观念,对于维系其文化、文明于一定程度而不至于一路堕落,对于后代之教化,乃是至为关键的。

有些人则抬出精英—大众两分的范式,说这些艺人的抵制再次表现出了精英的傲慢。这种貌似高明的看法,与"越穷越光荣"的迷信是一个路子。20世纪中期以来的教育向人们灌输了一种反精英、反智主义的思考方式,某些人以为大众就是上帝,不能容忍任何对大众的创造力或鉴赏力的怀疑。

但是,任何领域,只要需要技艺、知识,则必然有精英与大众之分,且精英必然比大众优秀。专业音乐人就是比普通民众更清楚什么样的音乐更好。

当然,在一个法治社会,精英只享有知识上的优势,这种优势不应转化为特权。不能授予他们权力强迫民众只能听他们觉得好的音乐。但是,他们确实可以以专家的身份将自己的专业判断公布于众,告诉民众,他们认为什么样的音乐是好的,什么样的音乐是恶俗的。民众借助这种知识可以做出更好的判断,从而使文明水平向上提升,而不是向下堕落。

总之,自由是以社会的自觉为基础的。抵制是社会内部自我矫正不好的东西的机制,专业判断则是文明自我提升的机制。这两者同时发挥作用,社会、文明、文化就可以既保持秩序的大体稳定,又可以在边缘上不断进行创新,在平衡之中保持活力。取消这两种机制,文明就必然堕入黑暗时代,自由也就丧失了根基。

（《南方都市报》,2007 年 10 月 24 日）

 **作品赏析:**

本文针对我国音乐家协会联名签订抵制恶俗网络歌曲的倡议书这一事件,进行了"何为自由""何为权利"的探讨与分析,旨在阐释"自由"的内涵和深度。

客观呈现事实,一破一立亮观点。 文章开篇,作者交代了音乐家集体签订抵制恶俗网络歌曲倡议书的背景。紧接着,言明了批评者的观点和立场,即"捍卫自由"。但作者又抓住了"将艺术家们提出的'抵制'理解为'禁'"的观点漏洞,并以其为切入点,指出音乐家们"只是'倡议抵制',并没有呼吁政府查禁"。这一观点不动声色地打破了批评者的立论,并在此基础上提出了"最好还是尊重人家抵制的自由"的观点。其中"最好"一词语气平和但坚定无比,是作者对批评者的提醒与忠告,这也扬起了作者鲜明的旗帜。

精英与大众博弈,一叙一议探文明。 文中,音乐家们被戴上了"精英的傲慢"式的高帽。在作者看来,这顶帽子是"反精英、反智主义"的迷信。他以冷静的思考、理性的笔调阐述了精英与专家所"享有知识上的优势",可以给大众带来更好的生活品质与审美体验。正如,专业音乐人可以告知大众什么样的音乐更好,精英与专家有能力、有责任将自己的专业判断公布于众,以提升社会的文明水平与民众的文化涵养。

自由与权利相生,一评一论寻根源。 作者循序渐进地探讨"自由"和"权利"两者的由来,并对其含义进行全面而深刻的解读。他认为民众所拥有的自由,需要受到社会道德的约束。此外,作者从"自由"的概念出发,进行理性而冷静的分析,认为自由是有边界的,并得出自由是权利和义务的统一这一结论。在"自由"和"权利"关系的探讨上,讲述了社会大众对约翰·密尔《论自由》的误读,并采用了正反论证的方法,有理有据、学理深刻,让读者在感性和理性中,感受文章平实之美、理性之美。

文章论述了精英与大众、自由与权利相生相息的辩证关系,并列举大量的客观现实作为佐证,得出"抵制是社会内部自我矫正不好的东西的机制,专业判断则是文明自我提升的机制"的结论。本文语言平实、观点鲜明,逻辑严密、层层推进,鞭辟入里、说理深刻。

（何秋红）

美国记者目击原子弹坠落长崎 〔美〕威廉·劳伦斯

我们正向日本国土飞去，即将对它进行轰炸。飞行小分队由 3 架经特殊设计的 B-29 型超级堡垒式轰炸机组成，其中两架未携炸弹。但是小分队的长机携有一颗原子弹，这是 3 天中投掷的第 2 颗，内装核物质具有相当于 2 万吨 TNT① 能量的爆炸力。若在条件更有利的情况下使用，其爆炸力可相当于 4 万吨 TNT 的能量。

我们选择了好几个目标。其中之一是大工业和航运中心——长崎，它位于日本四大岛之一——九州的西海岸。

这东西看起来挺漂亮。这个"玩意儿"的设计，耗费了上百万个小时的工作日。毫无疑问，它凝结了空前大量的人类智慧。

在核物质装进炸弹之前，我亲眼对它进行了观察。就原子物质本身来说，丝毫不带危险性。只是在核物质装进炸弹后，在某种特殊情况下，它的能量才会释放出来。而只要它把能量释放出一小部分——仅仅很小一部分，也能造成世界上规模空前的爆炸。

午夜时分举行了一个简短的会议。每个目标都依次放在地图和航空照片上显示出来。全部过程的每一细节都进行了一遍预习——航行、高度、气候、紧急迫降点等，无所不有。海军在轰炸目标周围海域备有潜艇和救生船只——杜波斯和苏伯杜波斯号——随时准备前来搭救可能在紧急情况下迫降的飞行员。

将我们送到装备库的卡车护卫森严。我们在这里领取执行这次任务所必备的特殊用品，包括降落伞、救生船、氧气面罩、铠装防弹衣和救生背心。

指挥这次任务的是 25 岁的空军少校查尔斯·斯韦尼。他驾驶的携带原子弹的长机叫"艺术大师"号，这种飞机的推进器不同寻常的长，有四个桨片，其顶部像

---

① 编者注：TNT 即三硝基甲苯，一种烈性炸药。

橘子——机身上却标有"77"的字样。有人说，"77"是红头发兰奇踢球时运动服上的数字。

凌晨 3 点 50 分，机群起飞了，径直朝西北方向——日本国的所在处直扑而去。天气预报说我们在飞行途中将遇到暴风雨，但到飞行目的地，也就是这次任务的高潮阶段，天将放晴。

起飞大约一小时后，暴风雨降临了。飞机在漆黑的夜空中时而下沉，时而抬起。但飞机的跃动幅度比起大型客机来要小多了。你感觉它是在"滑翔"，而不是"颠簸"。

我注意到一道奇特的、令人恐怖的亮光从驾驶舱上方的小窗射了进来。透过黑暗，我看见一个奇怪的情景：旋转着的巨大推进器不知怎的变成了大的跳跃着的蓝色光焰。这种蓝色光焰既映照在飞机鼻顶的有机玻璃窗上，又在机翼顶端闪闪发光。我们宛若驾驭着燃烧的列车在无垠的太空中奔驰。

我不禁焦虑地联想到前方那架无影无踪的长机上的"宝贝"，它会不会有危险？大气中巨大的电压会不会引起它的爆炸？

我对波克机长讲了自己的担心——他对此似乎毫不惊讶，继续镇静地驾驶着飞机。但很快他就安慰我："这是飞机上的常见现象。我执行轰炸任务以来，见过这种蓝色光焰已有好多次了，人们管它叫'圣·埃尔摩之火'。"

我们终于度过了黑暗，飞机直奔日本帝国。

飞机高度计显示出我们正处于 1.7 万英尺的高空。波克机长提醒我应随时手握氧气面罩以备紧急情况时使用。他解释说，万一飞机上的气压装置发生故障，或者机舱被地面高射炮打穿，氧气面罩都是有用的。

凌晨 5 点刚过，晨曦来临。吉里中士两眼紧盯窗外，举起双脚对此表示欢迎。在此之前，中士一直专心致志、一声不吭地听着耳机里的收音机报道。

"还是白天好。"他对我说着，"夜里关在机舱里我觉得怪害怕的。"

"这儿离霍普斯顿可远了。"我不觉说道。

"是啊。"他一边回答我，一边忙着译一条消息密码。

"你觉得这颗原子弹能结束战争吗？"他怀着希冀地问道。

"这颗很可能会有用的。"我尽量使他放心，"如果这颗不行，下一颗或两颗肯定会奏效的。没有哪个国家能够长时间地抵挡住原子弹的威力。"

到 5 点 50 分,外面天已大亮。我们的长机不见了,领航员戈德弗雷告诉我这是事先计划好的。机群将于 9 点 10 分在本州东南方的宇久岛上空会合。

置身于这无边无涯的太空,驰骋在云海之巅,我融化在无垠的沉思之中。发动机在身后吼叫,但与周围的茫茫太空相比,它的声音多么微不足道,顷刻间便被吞没了。有时,空间也吞没了时间,人生活在永恒之中感到迫人的孤独,仿佛地球上的一切生命在一瞬间都消失了,而你是唯一的幸存者,一个浪迹在无边无垠的宇宙中的孤独幸存者。

……

可是直到此刻,还无人知道哪座城市将作为投弹目标。命运之神将做出最后的选择,日本上空的气流将做出决定。

在我们前方飞行的气象飞机正在测试风向。到投弹时间的前半个小时,我们才能最后知道哪个城市将成为目标。

……

波克机长告诉我飞机马上要拉升到投弹高度了。这时我们已经飞临日本领海上空。

9 点 12 分,我们飞抵宇久岛上空,前方大约 4 000 英尺处是带着那颗宝贝炸弹的"艺术大师"号。

我们开始盘旋,等待机群中第 3 架飞机的到达。

9 点 56 分,我们开始向海岸线飞去。吉里中士译出气象机发来的密码,告诉我们主要目标和次要目标都清晰可见。

命运之风看来要恩赐有些日本城镇了,它们注定将默默无闻。命运最后选择了长崎作为投弹目标。

在机群盘旋的当儿,我们突然发现股股黑烟穿过白云直冲我们而来。原来是对准我们高度发射的 15 枚高射炮弹。不过它们飞来时,飞机已向着左边飞远了。

我们向南飞去。11 点 33 分,飞越海岸线,向距此以西大约一百英里处的长崎直奔而去。在长崎上空我们再次盘旋,终于发现了云层中的一处缝隙。

这时是 12 点 01 分,我们终于到达了这次任务的目的地。

"瞧,它下来了!"有人喊道。

从"艺术大师"的肚子里落出一个黑乎乎的东西,掉了下去。

波克机长迅速掉转机头,向爆炸杀伤范围外飞去。然而,尽管我们背对原子弹,机舱里又充满阳光,但我们所有的人都同时感到一股极其炫目的光芒穿透了我们的弧光镜。

第一次闪光之后,我们摘掉了弧光镜。光焰仍然接连不断,一种蓝中带绿的光芒充满了天空。一股巨大的气浪袭来,使飞机全身剧烈颤抖起来。紧接着,又袭来四次爆炸气浪,每一次都使我们感到似乎有大炮从四面八方向我们轰击。

先是一个巨大的火球倾发出大量白烟,接着,一道巨大的紫色火柱以极快的速度上升到大约 1 万英尺的高度。

待我们再次向原子弹爆炸方向飞去时,那道紫色火柱已升到了与飞机同样的高度。这时距爆炸发生才过了 45 秒钟。我们惊异地注视着火柱向上飞跃,它像是一颗流星,然而不是从太空朝大地飞来,而是从地球向外飞去。随着它穿过白云,向上生长,它似乎变得越来越富有生命力。

……它的形体像一座巨型图腾柱,底部大约有 3 英里宽,向上逐渐变细,顶部只有 1 英里宽。它的底部是棕色的,中间是琥珀色,顶端是白色。这是一座有生命的图腾柱,身上刻满了许许多多怪诞的面孔,对着大地狞笑。

正当这东西似乎已凝固起来时,从它顶端突然冒出一朵庞大的蘑菇云,使它的高度长到了 4.5 万英尺。这团蘑菇云比这柱形东西更加活跃,它的躯体里翻滚着浓白色的烟火,在愤怒地扭动着、咆哮着,带着嘶声向上冲去,接着又朝下扑来,活似无数个叽叽喳喳的老妇人骤然融为一体。

这个东西像头怪兽,怀着巨大的愤怒在挣扎着,仿佛要极力挣脱将它捆绑于大地的羁绊。仅仅几秒钟,它就摆脱了柱体,迅猛地向上飞去,直达 6 万英尺高空的同温层。

与此同时,又一朵稍小的蘑菇云从柱体中冒出来,像被砍了头的怪物又长出一个新头来。

第一团蘑菇云升向蓝天的时候,变成一朵花的形状。它巨大的花瓣边缘向下弯曲,外面是奶油色,里面是玫瑰色。后来,当我们从 200 英里以外最后一次眺望时,它仍保持着这个形状。在这个距离,还能看见处于痛苦之中的柱体,五颜六色,翻滚蒸腾,如同无数杂色彩虹组成的大山。在这些彩虹中融入了许多有生命的物质。柱体颤颤悠悠的顶部穿过白云,活像一头史前怪兽的脖子上镶上了羽毛。纵目望去,只见羽毛朝四面八方飞展开去。

(《纽约时报》,1945 年 8 月 9 日)

1945年8月9日，美军出动B-29轰炸机将代号为"胖子"的原子弹投到日本长崎市。美国《纽约时报》记者威廉·劳伦斯搭乘携带原子弹轰炸日本长崎的飞机，写下了这篇空中目击报道，再现了原子弹爆炸的情景。

关注时间的节点，记录原子弹投放的进程。作者以时间为节点，记录了原子弹投放前后分分秒秒的变化。战争的残酷、战事的紧张，都渗透到了文字之中。从B-29型超级堡垒式轰炸机起飞前的午夜会议，到凌晨3点50分的机群起飞，这场跨越太平洋的飞行，有着风雨无阻般的决绝。即使在暴风雨降临后，机群依旧在沉浮中"滑翔"。凌晨5点，收音机里的播报陪伴着吉里中士的航行；5点50分，天已大亮，机群按照计划分开飞行；9点12分，机群按照预定计划在日本宇久岛上空会合；9点56分，收到气象指令；11点33分，机群盘旋在长崎上空，等待着原子弹投放；12点01分，在目的地的领空"从'艺术大师'的肚子里落出一个黑乎乎的东西，掉了下去"。历时近十个小时的飞行，原子弹在长崎投放。惊天的爆炸、冲天的火柱，原子弹的力量"从地球向外飞去"。

浓墨重彩的描写，展现原子弹的毁灭性力量。文章在机群飞行期间以及原子弹爆炸前后，有很多浓墨重彩的描写。如飞机在黑夜中航行时，巨大的推进器"跳跃着的蓝色光焰"，让飞机如同"燃烧的列车在无垠的太空中奔驰"。机群在宇久岛上空盘旋时，作者"置身于这无边无涯的太空，驰骋在云海之巅"，融化在无垠的沉思之中。在原子弹爆炸后的45秒，爆炸后向上飞跃的火柱，如一颗流星冲向天外去。这是一座"巨型图腾柱"，棕色、琥珀色、白色交织其中，它毁灭性的力量像恶魔吞噬着生命、燃烧着大地。空中翻腾着的蘑菇云比图腾柱更加疯狂、可怕，"翻滚着浓白色的烟火，在愤怒地扭动着，咆哮着，带着嘶声向上冲去，接着又朝下扑来，活似无数个叽叽喳喳的老妇人骤然融为一体""稍小的蘑菇云从柱体中冒出来，像被砍了头的怪物又长出一个新头来"。这些描写生动而鲜活、形象而逼真，展现出原子弹爆炸时毁天灭地的巨大能量。

（邹晨雅）

洪水毁家园　灾民夜难眠 〔美〕丹·卢泽德

现在是星期日的子夜时分。正在发这份急电的时候，街道一片沉寂。但是在城市中心，人们的心碎了。

家园沉入水里，汽车也被淹没。房子里黑漆漆的空无一人，而家具漂在水上。

缓慢上涨的水在防护墙上发出阴森的响声。但是人已撤离的地区静悄悄的。一切都很平静。

这是耳闻目睹到的场景。但是，城市里运沙袋的英雄们今晚躺下来休息时，1982 年的这场洪水造成的难民们还处在混乱之中。

他们今夜睡在坑坑洼洼的陌生小屋里，房间里的地板上铺着亚麻油毡。在教堂中心，焦虑不安终于为疲倦所压倒时，欣慰和平静的睡眠才来临。另有数百张的床铺在陌生的房子里，准备应付天气预报所称的更多的降雨。

此时此刻，据说已有 3 000 人被迫从他们的家里撤出来。大多数人来自附近的老工人街区，该区位于这座城市三条河的西岸。

这个街区是城市受洪水灾害最严重的地区，居民需要救助。疲倦的海军陆战队士兵、消防队员和志愿者们赶来照顾难民，帮助麻烦的、不情愿的人到小救生筏子上，一次又一次把这些人运到高地上，其他交通工具在那儿等着接走他们。

现在是午夜，城市中心已撤离的部分沉入一片黑暗，断电、停气，正常的一切都不再存在。

那些及时站出来的人——用沙袋和临时垒起来的土堤同洪水搏斗——仅仅在等着河水涨到顶点。他们的家得以幸免。现在，他们的自信又恢复了。他们今晚睡在自己的床上。但是他们也担心，城市还能承受多少水的冲袭？雨潜伏在夜空中。

在河西边，受害的程度最深，损失也最惨重。在莫米和圣乔，水只轻轻拍打大堤顶部,居民们爬到防水墙上查看最高水位。他们在寻找希望的迹象。看到大堤还牢固的地方,他们就觉得有了希望;大堤出现了问题,希望就像耗子一样淹没在水里。

难民们今晚上讲了上千件事,都是他们的所见所闻。

有个人想起范布伦街上的一幢房子,那儿阳光春天般暖暖照在明亮的黄色砖围墙上。一对上了年纪的夫妇在他们的黄色小房子的前院里等着。那位绅士坐在走道上的一把黄色椅子上,膝盖上横着一根拐杖。他的妻子,金黄色的头发已经斑白,站在那儿望着奇怪的人走过去。他们是一幅罗克韦尔的作品。一张发黄的照片,只是有些不合时宜。

在一个街区以外,水正沿着大街向他们逼近。这个女人只会说结结巴巴的英语。她的丈夫只是点头。糟透了的洪水,唉,糟透了的洪水。水都多高了?耸耸肩。他们将不得不离开吗?不安的微笑,谁知道呢?她说。谁知道呢?

沿着莫米的大堤,河水在那里最宽也最深,低吟的河水在黑暗中翻滚。几乎没有人过来站在街灯下的防洪堤上。现在这样不必要。他们感到安全了。

在口袋形的湖边地区,在两条河的拐弯处,河水半隐半现,仍没有漫出河道。这里有一种欣喜的信念。星期六夜里难以入睡的焦虑结束了。那里没有小屋子,也没有洪水造成人员伤亡的痛苦。他们逃脱了洪水,但是洪水就在不远处。

现在,午夜刚过,城市沉入梦乡,3 000名难民安顿下来,得到了食物供给。仍有两个世界存在:湿地和干地、高处和低处,以及被汹涌的河水和关闭的桥梁一分为二的城市、好坏两种不同的运气。

明天洪峰可能来临。洪峰过后,希望水退下去,无家可归的人将伤心地回忆失去的一切,重新收拾自己的家园。

但那都是明天的事了。今夜仍然是不安的睡眠、陌生的床铺以及战斗的奇怪空虚感——一部分输了,一部分赢了。今夜,在城市中间,仍然有破碎的心灵。但是最坏的事已经过去了,街道也安静下来。一切都那么宁静。

(《韦恩堡新闻哨兵报》,1982年3月15日)

作品赏析:

1982年,韦恩堡附近发生了一场伤亡严重的洪灾。作者在洪水突发后的紧迫时间里,从容不迫地记录了灾难后的夜晚。他仿佛一个目光深邃、满怀人道主义与忧患意识的老人，在防洪堤上悲悯地踱步，关注着人们的境遇，也祈祷着美好的明天。

冷静体察，充满人间温情。 报道一开始就切入现场，展现灾后夜晚的情境："街道一片沉寂"，而洪水还在阴森地回响，"人们的心碎了"；在与洪水搏斗一天后，"焦虑不安终于为疲倦所压倒时，欣慰和平静的睡眠才来临"，虽然暂时松弛下来，人们内心却依然紧张。作者用冷静的视角体察人们的心理活动，"看到大堤还牢固的地方，他们就觉得有了希望；大堤出现了问题，希望就像耗子一样淹没在水里"。笔调蕴含着对洪水区市民命运的深切关怀。在短短的篇幅中，作者对整个城市进行了全方位的扫描：筑起防洪堤的地区、人已撤离的地区、洪水可能到来而人还未撤的地区、没有被淹的地区。"洪峰过后，希望水退下去，无家可归的人将伤心地回忆失去的一切，重新收拾自己的家园。"温情的字句，体现出作者浓厚的人文情怀。

捕捉细节，凸显紧张气氛。 作者善于细致地观察和捕捉人的心理。"家园沉入水里，汽车也被淹没。房子里黑漆漆的空无一人，而家具漂在水上""缓慢上涨的水在防护墙上发出阴森的响声"。这些视觉和听觉上的细节刻画，传神地将受灾群众恐惧和无助的情绪表现出来。在一个春光明媚的日子里，"一对上了年纪的夫妇在他们的黄色小房子的前院里等着""那位绅士坐在走道上的一把黄色椅子上""站在那儿望着奇怪的人走过去"……文章采用细节描写，描绘了一幅洪水之前宁静祥和的生活画面，与后文"水正沿着大街向他们逼近"相对应，表现出"黑云压城城欲摧"的紧张气氛。

作者在结尾写道："今夜仍然是不安的睡眠、陌生的床铺以及战斗的奇怪空虚感——一部分输了，一部分赢了。今夜，在城市中间，仍然有破碎的心灵。但是最坏的事已经过去了。"平静中隐含着忧虑，同时又充满温情与希望。

（熊娇）

地震救灾释放出中国民间巨大力量

〔美〕吉姆·亚德利 大卫·芭芭拉 霍华德·法兰

关于他要去哪里,郝林(音)己经欺骗了妻子。他跳上了一架飞往成都的飞机,借了一辆自行车,穿着短裤和平底便鞋在农村里穿梭。郝先生是一个心理医师,他到这里是为了给地震幸存者提供免费的心理辅导。

他有同伴。那是坐了满满一汽车的志愿者,他们带着很搭配的红色帽子,在农村坑坑洼洼的泥土路上颠簸。成都一家私人企业的员工们正在清理沿途一个小镇。从全中国来的志愿者送来了食品、水和同情。

星期六的晚上,36 岁的郝先生跨坐在他的自行车上说:"我从来没有做过这种事情。""现在,普通人知道自己怎么行动了。"

从 5 月 12 日地震发生的那一刻开始,中国政府派遣了士兵、武警和救援人员,开始了那种可以预见的中国共产党的大动员。但是,一种没有预见的动员在官方渠道以外发生了。产生这种状况的部分原因是,政府的新闻媒体对地震进行了不同寻常的、有力的报道。成千上万的中国人进入地震地区,捐款金额超过纪录,这种民间反应非常惊人,而且是自发的。

此次公众感情的流露如此震撼,分析家们在辩论,这是否会产生一些影响,民间力量是否会因此获得更大空间。

一些民间团体的代表说,很多的个人、公司和非政府组织在震后迅速投入了行动,为中国红十字会不堪重负的任务提供了补充力量,帮助了救援行动。

由于人道主义危机非常严重,官员们对民间团体放行了。此后他们称,出于安全考虑,志愿者需远离震区。但是成千上万的人已经到达了那里。

在成都,救援志愿者组成了一个指挥机构,叫作"非政府组织救援行动",负责协调 30 个组织。他们收集捐助,包括方便面、饼干、米饭、药物、衣物和床单。

"我们意识到,这场危机是空前的,我们必须携手做一些贡献。"39 岁的兴莫(音)说。他是非政府组织有经验的组织者,还是负责培训志愿者的云南发展学院的校长。

　　很多志愿者说,他们到目前对政府处理救援的方式是认可的。一些专家说,领导们可能会疏导这种热情。

　　中国的媒体也集体在地震后对事件进行了报道。

　　密歇根大学中国数据中心的高级研究协调员鲍书明(音)说:"这对中国来说是一个拐点。这将化解政府和普通人之间的一些界限。人们的教育程度越来越高,变得更有组织,社会变得更开放了。"

　　对很多中国人来说,公众的反应仅仅是悲伤和帮助他人愿望的自然宣泄,反映出这个社会中有更多人富裕到了可以有所回报的程度。尽管珍视传统的人们在哀叹现代中国道德迷失,拥抱了物质主义,但是一场可能夺走 5 万生命的灾难发出更深远的声响。

　　"我们是念着孔夫子的'人之初,性本善'长大的,但是这场灾难才把人们内心深处的那种善引发出来。"来自上海的 41 岁的投资者阿兰·邱说,"人们被儿童的场景感动了,也被生命的价值感动了。我们成长的这个社会里,人们似乎认为中国人命不如外国人命值钱。"

　　在四川的震区之外,公众的反应越来越大。死亡人数每天在增加,但根据中国媒体的报道,从中国公民和公司那里来的捐助已经超过了政府划拨的 5 亿美元。一些捐助数目非常大,例如香港富翁邵逸夫捐出了 1 400 万美元,小学生也捐出了他们的硬币。

　　献血活动、蛋糕义卖、各种筹款和艺术品拍卖都举行了,还有人放下手中的一切赶到灾区。四川省省会成都一个私家车俱乐部的 40 名成员多次往返灾区,从遭受重创的什邡运出了 100 多名伤员。还有人满载物品,从成百上千英里外进入四川灾区。

　　电视台不断播放搜救被困人员的坚决行动,报纸也被允许刊登那些反映灾害毁灭之恐怖的照片。

　　"最令人惊异的事情是 24 小时播报。"哈佛大学肯尼迪管理学院的中国专家安东尼·塞奇说。

　　塞奇称,中国城市里的年轻一代以前对农村人生活的困境毫无兴趣。"但是,现在他们被人们生活的状况震惊了。"

如果中国要成为一个更民主的国家，发展健康的民间社会被认为是重要的一步。现在非政府组织仍然扮演着很小的角色。云南的兴莫（姓）先生说，被允许进入救灾现场并不意味着私人团体就获得了他们想要的效果。他说："最令人抓狂的是交通，这是非常头痛的问题。我们有太多的物品卡在路上。我们知道成千上万的人紧急需要它们，但是我们没法运给他们。"

还有一些需要警惕的信号。一些公司现在要求员工捐款，而不是鼓励自愿捐款。博客作者痛批明星，包括姚明，他们认为他的捐款不够。捐款源源不断，人们自然也不可避免地质疑腐败，关心这些钱怎么花。政府官员开始询问专家如何让救援工作更有效率。

但是，现在在地震区，公众的反应无疑是很大的，而且也常常是混乱而没有计划的。官方媒体报道称，第一批到达现场的民间志愿者是江苏投资公司老板组织的一支救援队。从那以后，热情的人们逐渐到达了。

在偏远的路池村，当地的玻璃厂破烂不堪，砖盖的农民房屋被夷平。67 岁的农民刘列（音）的情况很糟糕。他和其他七个家人睡在一个塑料布下面，他的房子的每一面墙都被毁了。但是在他塑料布的一角，刘先生指了指一堆矿泉水、零食、食品和两袋大米——全是志愿者带来的。

"他们到这里来是因为他们爱中国人。你们必须理解旧社会和新社会的区别。现在人们从广州和其他地方给我们带来了吃的。"

志愿者回归他们正常的生活后，刘先生必须重建他的房屋，重新开始生活。他的妻子、63 岁的郭碧华（音）很担心，她说："我们怎么盖房子，我很担心。我已经老了。"

在不远处，心理医师郝先生刚刚和其他两个骑自行车的人到达了，一个是拉里王——一个在纽约住了 30 年的华人。他们在灾区相遇，一路经过受灾地区，给人们提供心理辅导。郝先生住在人口众多的出口城市深圳，在一个背包里塞了两个星期的补给。

他说，他在跟幸存者谈话以及帮助他们应对生活时很激动，特别是儿童。但是不要告诉他的妻子。"我妻子不知道我在这里。"他承认，"她会很害怕。她以为我在广州。"

（《纽约时报》，2008 年 5 月 20 日）

作品赏析：

本文是刊载在《纽约时报》上的一篇关于中国抗震救灾志愿者和非政府组织的报道。该报道引用多方面的观点，恪守新闻客观中立的原则；同时使用以小见大的手法，向西方读者展现了中国的新形象。

客观中立，用中外的声音共同支撑新闻报道。本文采用多角度的观点，在报道中呈现不同的声音，还原中国人抗震救灾的真实情景。"现在，普通人知道自己怎么行动了"，提供心理辅导的中国志愿者郝林让读者看到个人是如何积极投身于抗震救灾的；非政府组织的代表兴莫说，"最令人抓狂的是交通，这是非常头痛的问题。我们有太多的物品卡在路上"，又让读者认识到政府与社会力量的合作还有待加强；"最令人惊异的事情是 24 小时播报"，哈佛大学中国专家安东尼·塞奇的话代表了西方对中国媒体关于汶川地震报道的肯定；密歇根大学中国数据中心的高级研究协调员鲍书明说，"这对中国来说是一个拐点。这将化解政府和普通人之间的一些界限。人们的教育程度越来越高，变得更有组织，社会变得更开放了"，则展现了一个更加文明、和谐的中国，也体现了西方视角下中国形象正在发生变化。这篇报道中、外观点的并列，不仅增加了新闻的可信度，也让读者对中国救灾行动有了立体的认识。

以小见大，以细节描写印证民间的巨大力量。该报道开篇以一个中国志愿者为切入点，将读者的注意力吸引到紧张的震后救援当中。郝林"跳上了一架飞往成都的飞机，借了一辆自行车，穿着短裤和平底便鞋在农村里穿梭"。一个"跳"字反映了中国志愿者们对灾区人民的关切和毅然投身于救援工作的热情。对郝林个人形象的生动描述，让西方读者了解到这群志愿者都来自中国民间，他们与等待救援的人一样都是普通百姓。报道还描绘了受灾人们的状况，农民刘列"和其他七个家人睡在一个塑料布下面，他的房子的每一面墙都被毁了。但是在他塑料布的一角，刘先生指了指一堆矿泉水、零食、食品和两袋大米——全是志愿者带来的"。这一方面向读者展示了地震给当地百姓带来的巨大痛苦；另一方面又让读者认识到志愿者在救灾工作中发挥的重要作用，他们给灾民带去的不仅是生活物资，还有光明和希望。郝林是广大救灾志愿者的缩影，这群人代表着中国人民集体意识的觉醒，代表着中国民间的巨大力量。

正如文中一位受访者所说，"我们是念着孔夫子的'人之初，性本善'长大的，但是这场灾难才把人们内心深处的那种善引发出来"。这篇新闻所反映的就是中国人如何将心中的善良转化为巨大的能量，并让读者在这股能量中感受到中国人的坚韧、乐观和团结。

（金圣尧）

把校舍真正建设成第一避难所 刘涛

针对一些媒体在芦山灾区拍到的汶川地震后重建房墙体开裂、脱皮等情况的照片，记者就此进行了采访和求证。专业人士表示，对有些校舍墙体的开裂、脱落要科学认识，主体结构受损才能算危房。芦山县初级中学部分建筑物的墙体受破坏在预期之内，达到《建筑抗震设计规范》要求的小震不坏、中震可修、大震不倒的抗震设防目标。另据《中国教育报》4 月 22 日报道，在芦山地震发生时，该县在汶川地震后修建的校舍无一垮塌，有效保障了在校师生的生命安全。

汶川地震中的校舍坍塌事故可谓教训惨痛，后续的诸多声音为中国的国家形象抹上了厚厚的阴影，而校舍安全问题一时间也成为灾难报道中的一个敏感话题。相比较而言，芦山地震中"在汶川地震后修建的校舍无一垮塌"值得肯定。它传递了一个暖人的警示信号：安全不再是一种奢望，而是一种自然而然的状态和结果，我们完全有能力将生命寄托在一个安全的地方。在灾难面前，给生命一个安全的承诺，不仅是可能的，而且是现实的。

"要把学校建成最安全、家长最放心的地方。"中国政府于 2009 年实行中小学校舍安全工程，在全国范围内开展了新一轮的校舍安全排查工作，对校舍安全做出了明确的防震级别和安全指数要求，以期推进农村中小学标准化建设。在这次芦山地震中，新建校舍承受住了 7 级地震的摇晃。它托起的不仅仅是生命本身，更是一种新的希望。

学校是孕育理想和希望的地方，保障校舍安全，关乎民族的未来。在校舍安全问题上，如何强调都是理所当然的。在地震频繁的日本、智利、美国等国家，政府不遗余力地推动校舍安全的民生保障立法进程，学校被列入了紧急避难场所的建设范畴，校舍的安全标准因此更为"苛刻"。

1933 年，美国长滩发生 6.3 级大地震，众多校舍被毁。加州政府随即通过《菲尔德法案》，详细规定了建筑设计标准、监管机构、审查程序、惩罚措施等内容。在智利，为了推行更高标准的建筑抗震规定，政府出台了完善的责任追究机制，确保所有校舍都能够"按抗 9 级地震设计"。日本早在 1923 年的关东大地震后就着手制定校舍安全政策，1995 年阪神大地震后开始实施"校舍补强计划"，对不具备抗御 7 级地震的校舍进行加固。2008 年中国汶川地震后，日本政府迅速启动了面向 45 万所公立中小学的"五年补强计划"。

这些国家的防震思路非常清晰，学校是所有灾难的第一避难所。无论地震有多严峻，孩子们的校舍不能倒。一旦发生灾难，学校的功能不仅仅是保护孩子们的安全，更是立即成为人们避难的中心。

国外的成功经验进一步提醒中国，加强校舍安全建设，必须走法制化道路。其实，中国的校舍安全政策并不是一片空白，从 1986 年发布的《中小学校建筑设计规范》开始，目前发布的有关校舍安全建设的政策和规定不下 20 个。其中，汶川地震后，多部委联合颁布的《关于做好学校校舍抗震安全排查及有关事项的通知》成为最具分量的一份指导性文件，要求"在全国范围内对各级各类学校校舍进行一次全面排查"。

在校舍安全问题上，每一次灾难发生，总是促使我们重新审视相关的法律或政策保障问题。然而回过头来才发现，相关的政策并不是没有，也不是很少，而是早早地搁在那里。在如此之多的政策框架内，为什么校舍安全事故无法根除？原因当然是多方面的，除了政府投入不足、政策制定时对现状估计不足、对校舍抵抗自然灾害的能力认识不足、校舍安全的责任主体比较模糊之外，更为关键的是，相应的监管机制未能跟上。许多政策依然停留在"规范"和"呼吁"层面，虽然对校舍安全指标给出了明确界定，但鲜有惩治性的监管措施。

在坚固的混凝土结构深处，把校舍建设成真正的第一避难所，同样意味着要赋予校舍一个特别的人文关怀维度。在牢固的建筑中间，流动着的是某种暖人心扉的细节，这才是安全的全部真谛所在。在美国加州，校舍规划之初，就划定了存放求救哨、安全帽、应急水、耐火救生绳、逃生呼吸器等防震设备的特别区域，以备紧急之需。教室墙壁和课桌外侧都增设了特殊的储藏装置，那里存放着花生、牛肉干之类的高能量食品。显然，这些人性化的细节设计，不仅给了孩子们紧急求生的希望,还给了孩子们日常生活中的淡定。因为"心中有数",所以不再惧怕地震,这种可贵的从容恰恰是校舍安全在人文关怀维度上的微妙注脚。

(《中国教育报》,2013 年 4 月 26 日)

作品赏析:

2013 年 4 月 20 日,四川雅安芦山县发生 7.0 级地震。校舍安全问题再次成为舆论热点,这是继 2008 年汶川地震后有关中国校舍坍塌问题的再次讨论。灾难面前,给校舍一个完整的安全保障,既是对孩子们的生命之托,也是对国家形象的间接承诺。作者眼光敏锐、思维独到,提出"把校舍真正建设成第一避难所"的全新理念,引发大众对中国校舍安全尤其是社会安全的思考。

独特视角,揭示安全的真谛。 2008 年汶川地震发生严重的校舍坍塌事故,诸多声音为中国的国家形象抹上了厚厚的阴影;2013 年芦山地震,"在汶川地震后修建的校舍无一垮塌",让人民感到安全不再是一种奢望。作者从现实出发,站在高位,以独特的视角解读安全的本质与真谛,借助校舍安全来思考公共服务领域的功能与定位问题。"学校是所有灾难的第一避难所。无论地震有多严峻,孩子们的校舍不能倒。"校舍不仅仅是坚固的混凝土结构,更是以爱心编织的生命网络。保障校舍安全不仅仅是法制和政策建设的构成内容,同时也指向有关社会公共服务的观念转变问题。作者意识到,"在牢固的建筑中间,流动着的是某种暖人心扉的细节,这才是安全的全部真谛所在"。

纵横对比,凸显"避难所"意义。 在纵向深度上,文章追溯了我国涉及校舍安全的法律和政策。"从 1986 年发布的《中小学校建筑设计规范》开始,目前发布的有关校舍安全建设的政策和规定不下 20 个",而"校舍安全事故无法根除"的关键在于,"许多政策依然停留在'规范'和'呼吁'层面",缺乏惩治性的监管措施。在横向视野上,文章立足于美国、日本、智利等国家的制度设计和成功经验——"政府不遗余力地推动校舍安全的民生保障立法进程,学校被列入了紧急避难场所的建设范畴,校舍的安全标准因此更为'苛刻'",并基于中国的现实语境,提出建设性行动策略,即学校建设必须推行更高标准的安全指数和抗震要求,"一旦发生灾难,学校的功能不仅仅是保护孩子们的安全,更是立即成为人们避难的中心"。作者通过纵横对比,使"让校舍成为避难所"的观念深入人心。

"学校是孕育理想和希望的地方,保障校舍安全,关乎民族的未来。"坚固的校舍"托起的不仅仅是生命本身,更是一种新的希望"。加强校舍安全建设,需要走法制化道路,并"赋予校舍一个特别的人文关怀维度",才能真正将生命寄托在一个安全的地方。

(熊娇)

谁关闭了120名职工的"生命之门"？

彭冰　刘文卷　李一平

截至目前,吉林宝源丰禽业公司火灾致120人遇难、77人受伤。面对如此重特大事故,人们不禁要问,到底是什么原因会造成如此惨痛的伤亡?

求生无门,是获救者最痛苦的记忆。

"我们拼命跑到门边,可门打不开,大家只能又往别的出口跑……"受伤员工说。后期进入现场勘查的人员,向记者证实了这一点。

据介绍,过火车间共6个门,但只开了1个,其余5个门全是锁着的。就在这几扇无情紧闭的大门边,现场的情形令人触目惊心。

"平时工人上班后,车间大多数门都会锁上,主要是走更衣室那个通道。"公司员工封岩告诉记者。

在生产过程中,为何要把大多数门锁上呢?

一种说法是,锁门是为了确保封闭消毒效果。每名员工进车间前,都要经过严格消毒。但也有员工表示,锁门是"为了避免工人来回走动,干扰生产秩序"。

记者了解到,宝源丰禽业公司几年前通过了国际质量体系认证和国际食品安全管理体系认证,是吉林省"百强农产品加工企业"、长春市"农业产业化重点龙头企业"。确保食品质量安全、加强企业管理看似合理,但有关现场勘查人士指出,"锁门"之举折射出该公司在保障职工安全方面意识淡漠。突逢重大事故时,人为地让"生门"变成了"死门"。特别是作为一家劳动密集型企业,在这方面本应格外注意。

在采访中,记者发现,企业疏于安全教育是造成职工伤亡惨重的又一原因。

"眼前通红一片,全是烟,还能闻到一股刺鼻的味道,我们都懵了,下意识地跟着人流跑。"幸存员工王秀娟说,"在逃命过程中,很多人摔倒,你挤我,我压你,互相踩踏,乱成一片。"

脸部烧伤的员工王荣丽告诉记者,她当时根本不知道该怎么做。她参加工作2年多,从未接受过安全教育培训,没参加过任何防火演练,甚至连车间是否备有灭火器都不清楚。

"最基本的消防设备都没有,车间里没有应急照明灯,没有灭火器,也没看到过消防栓……"很多员工告诉记者,当时现场一片混乱,没人带头指挥逃生、救援,甚至连"掩住口鼻"等最基本的自救方法,几乎也没员工知道。

火灾发生后,空气中有强烈异味,周围3 000名群众被疏散。据参与救援的消防部门推测,车间速冻系统的连接管道中有液氨泄漏。液氨是强腐蚀性有毒物质,易挥发、燃烧。要让氨保持液态需极大压力,而在压力特别大的情况下,一旦遇到外界撞击或是温度过高,就易产生爆炸,液氨蒸气可强烈刺激呼吸道黏膜和眼睛,引起窒息。

记者从当地医院获悉,除烧伤外,受伤员工多为吸入氨气及其他有毒气体造成的呼吸道水肿。

然而,受访员工大多告诉记者,他们并不知道厂里有液氨存在,也没人告诉过他们相关防护知识。一名40多岁的员工,惊讶地对记者说:"我刚入厂时,总闻着有股怪味,问别人都不清楚,只说禽类公司就这个味儿,后来也习惯了。"

对此,有关人士在接受记者采访时表示,保护员工在生产作业中的安全,是企业义不容辞的责任。只有做好职工日常劳动保护,才能使职工在有毒有害工作环境下少受伤害。只有在平时树立牢固的安全意识,才能减少事故的发生,也只有加强消防知识普及和险情应对教育·让每个职工都掌握科学自救措施,才能最大限度减少职工生命财产损失。但很遗憾,作为一家年销售收入近4亿元的民营企业,宝源丰禽业在这方面做得显然远远不够。

采访中,问及企业是否为职工上了工伤保险、医疗保险时,大多数员工的回答是"不清楚"。一位34岁的员工说:"当初就奔着每月能开一两千元工资来的,至于劳动合同上具体怎么写的,公司给没给上保险,都不清楚,也没考虑过。"

也许,正是这一系列的"不清楚""没考虑"和疏忽,关上了这个企业120名罹难职工的"生命之门"。

(《工人日报》,2013年6月5日)

作品赏析：

《谁关闭了 120 名职工的"生命之门"？》在全面呈现吉林宝源丰禽业公司重大火灾的基础上，分析导致这起事故的主要原因，深刻揭示出事故背后的人祸。文章用事实说话，以维护职工生命安全权益为切入点和落脚点，情理并重，引人深思。

引用人物语言，控诉对生命的冷漠。 在报道这场 120 多人遇难、70 多人受伤的人间惨剧时，作者采访了受伤员工和幸存者，用他们的语言，完整再现了那段不堪回首的记忆。"我们拼命跑到门边，可门打不开，大家只能又往别的出口跑……"从伤者的叙述中，我们得知逃生的大门被人紧紧锁住；"在逃命过程中，很多人摔倒，你挤我，我压你，互相踩踏，乱成一片"，从幸存者王秀娟的话中，我们感受到灾难带给人们的惊恐和绝望；"最基本的消防设备都没有，车间里没有应急照明灯，没有灭火器，也没看到过消防栓……"从员工们的描述中，我们还可以看到这家企业对安全问题的疏忽。最后，当记者问起工厂是否为职工办理工伤保险、医疗保险时，一句"公司给没给上保险，都不清楚，也没考虑过"，更是暴露了这家企业对于生命的冷漠，让人不寒而栗。

提问层层深入，追溯灾难来龙去脉。 作者在开篇就提出问题，"到底是什么原因会造成如此惨痛的伤亡？"，并以此为起点去探究这场灾难的来龙去脉。作者了解到，火灾发生时车间 6 个门中有 5 个被锁住，而正是这些紧锁的大门造成了此次事故的重大人员伤亡。他不禁追问，"生产过程中，为何要把大多数门锁上呢？"在记者追问声中，吉林宝源丰禽业公司的管理制度缺乏人性关怀，且存在巨大安全隐患，最终得以曝光。当作者从医院得知，"除烧伤外，受伤员工多为吸入氨气及其他有毒气体造成的呼吸道水肿"，他立刻去采访职工，询问其是否知道工厂在生产中使用有毒物质。而得到的答案是，这家企业在职工毫不知情的状况下将他们推入了死亡之地。这一系列的递进追问，犀利地揭示出事故背后的真相：企业"在保障职工安全方面意识淡漠""疏于安全教育"。

这篇报道不仅揭批了吉林宝源丰禽业公司因经济效益而无视员工生命的恶行，更为我国生产领域的安全问题敲响了警钟。这钟声既是对 120 个逝去生命的追悼，更时刻提醒我们：维护生命安全，消除火灾隐患，是全社会义不容辞的责任。正如英国诗人约翰·多恩所说："不要问丧钟为谁而鸣，它为我，也为你。"

（金圣尧）

短短一个月 "拒资"十亿元 陶健 张敏

　　长江隧桥开通,崇明一夜间成了投资热点,海内外企业纷至沓来。面临前所未有的招商机遇,面对一个个诱人的投资项目,是"捡到篮里就是菜",还是宁缺毋滥,崇明选择了科学发展之路。短短一个多月,已婉拒了 30 多个不符合生态岛定位的项目,涉及投资 10 多亿元。

　　长期孤悬在长江口的崇明,GDP 的贡献仅占全市的 1%,发展速度远落后于上海的其他部分。岛上有 70 万居民,他们希望吸引投资以增加就业、改善生活。然而,崇明岛的定位是世界级现代化生态岛,注定不可能走"先污染后治理"的老路。如何协调生态保护和经济发展,崇明县委、县政府决定执行更为苛刻的"招商选资"标准。早在隧桥开通前,崇明就公布了规划布局,对进入岛内的投资项目设置三道"防线"。

　　第一道防线是产业导向。崇明编制了工业产业导向目录,被列入禁止和限制类的项目一律不允许上岛。一家大型造纸企业不久前上岛洽谈投资上亿元建造纸厂。虽然这个劳动密集型项目可以提供大量岗位,还能为岛上盛产的芦苇找到市场出路,但造纸业明显属于目录上的禁止类领域,被招商部门婉言谢绝。

　　第二道防线是能耗。崇明制订了能耗每年下降 4% 的指标,近两年已关闭了 40 多家高能耗企业。职能部门联席会议制度对投资项目进行严格评判,其中一个重要考核指标就是能耗。据介绍,30 多个被婉拒的投资项目中约有三分之一属于"能耗不合格"。

　　第三道防线是环境影响评价。通过前两道防线的项目如果对生态环境会产生不良影响,也不能上岛。有一个投资 3 000 万元的电子产品加工项目在最后一道防线上被县环保局拦停,原因是其生产过程有一道镀锡工序会影响环境。

　　崇明县县长赵奇告诉记者,崇明建设生态岛是一场"持久战",不可能毕其功于一役。放弃一些能够快速增加 GDP 的产业项目,会影响崇明经济一时的发展速度,但生态岛建设必须关注长远,其后发优势将会慢慢显现。

(《解放日报》,2009 年 12 月 4 日)

作品赏析:

长江隧桥开通后,媒体多聚焦于崇明县未来的经济发展。《短短一个月 "拒资"十亿元》却独辟蹊径,将目光投向了崇明生态岛如何在招商引资中坚持生态发展的原则。文章不足 800 字,却立意深远,说明转变观念方式、调整结构是贯彻落实科学发展观的前提。崇明县在开发当地经济时敢于对投资企业说"不",对于引导同类建设具有启示意义。

角度新颖,崇明拒绝"到嘴的肥肉"。 在政绩工程的推动下,各地政府唯 GDP 至上,"送上门的 GDP"不忍拒绝,所以往往先"请进来"再说。崇明县 GDP 仅占上海市的 1‰,"岛上有 70 万居民,他们希望吸引投资以增加就业、改善生活"。面对全市垫底的 GDP 和百姓的期盼,崇明县也希望招商引资,快速发展地方经济。为了平衡经济与环境的关系,崇明县对进岛投资项目设置三道"防线":产业导向、能耗和环境影响评价。对不符合生态岛定位的项目一概拒绝,决不重走"先污染后治理"的老路。文章没有展望崇明未来经济发展情况,亦没有报道政府制定相关政策,而是以政府"拒资"十亿元为切入点,在政绩工程"高歌猛进"的大潮下逆流而上,显得殊异新颖。

立意高远,崇明"模式"发人深省。 2012 年,中国 GDP 超越日本,成为世界第二大经济体。但强势经济掩藏的是对环境的巨大伤害,粗放的城市建设和掠夺式开发对生态的破坏已到触目惊心的地步。在诱人的经济利益面前,崇明县敢于说"不",坚持发展和保护同步进行,体现了"转观念""调结构"的坚定决心。崇明县县长赵奇表示,放弃一些产业项目会"影响崇明经济一时的发展速度",但"其后发优势将会慢慢显现",揭示出拒资的目的不是阻止发展,保护的目的是为了更好地发展,发人深省。

该报道曾被海内外多家媒体转载,在国内外引起强烈反响,并获得 2010 年中国新闻奖消息类一等奖。但陈力丹教授也直指文章之不足,强调这是"不错的宣传类选题,遗憾的宣传式写作"。崇明县拒绝一些不符合岛内生态定位的项目，本是普通而常态的事情，却有了新闻价值，颇有浓烈的宣传意味。同时，文中还出现评论性的语言，如"是'捡到篮里就是菜'，还是宁缺毋滥"。崇明要建设为"世界级现代化生态岛"也缺乏客观依据，这些都严重影响对事实的客观叙述，是新闻写作的"硬伤"。

（黄琴）

聚焦『众生相』

——剖析人物万象

国家任务(节选) 王天挺

36 年前,国家让他编纂"阿富汗语词典",后来国家忘记了这项任务。

在打印店打了几份材料之后,车洪才先生小心翼翼地把它们装进包里,来到位于北京王府井大街的商务印书馆。进门之后他也不知道该找谁,直到传达室的人来询问,他才被告知应该去外语辞书编辑室。编辑室里只有一位小姑娘,问他:"您要出什么书?"他说:"出一本词典,《普什图语汉语词典》。"

"没听说过。"小姑娘摇摇头。"大概有多少字呢?"她又问。"两百多万。"车洪才答道。她惊讶地抬起头,赶忙去找编辑室的主任。

当编辑室主任张文英赶到时,车洪才把打印好的词典编写过程、体例说明的材料交给了她。她越看越吃惊,突然发现这本词典在商务印书馆是立了项的,但她完全没有印象。最后她跑去资料室查档案,结果在一份 1970 年代的档案中找到了记录:商务印书馆接全国辞书工作会议的指示,组织编写《普什图语汉语词典》,时间是 1978 年。

这意味着,到 2014 年即将出版为止,这部词典编了整整 36 年。

被人遗忘的词典

车洪才的儿子车然小时候印象最深的就是在北京自家的客厅里,摆了一个占据整面墙的柜子。柜子很像是中药房里的药柜,上面有一个个的小抽屉,"往外拉能看到里面是一溜写满字的白色卡片,沉得要命"。那时候除了父亲没人能看懂上面写了什么,他也不知道父亲的工作跟这卡片有什么关系。

……

这些卡片是车洪才在 30 多年里积攒出来的,上面写满了普什图语汉语的翻译词条。这几年天冷的时候,已经退休多年的车洪才就会到厦门儿子家里住上几个月,没事的时候他打太极拳,陪老伴去海边或者干脆在家里看诗歌集。但大多数时候他都对着一台电脑,把卡片的内容输入进去。现在,这台东芝笔记本电脑是他的"宝贝",里面存着他积累的包括 5 万个词条、合计 250 多万字的普什图语汉语词典。

……

当初负责这部词典的编辑孙敦汉已经 80 多岁,他还记得当时有两个人脱产来编这个词典,其中一个就是车洪才。"当时没有规定期限,没人知道要做多长时间。"

在他的记忆里后来又开过很多次辞书会议,有的词典又分给其他出版社了。"文革"刚结束也比较混乱,加上两人工作调动的原因,"就渐渐没了联系,出版社也就忘了这回事"。

……

天降大任

1955 年万隆会议之后,中国政府开始加强与亚非拉各国的联系,与中国建交、半建交的国家迅速增加。

这时外交部翻译干部数量不足、水平不高的问题日益突出,有几个新建使馆甚至派不出到驻在国的翻译。为了解决这个问题,周恩来指示外交部,从全国各大院校抽调外语系学生去十几个国家学习小语种,即非通用语。还在北京外国语大学念大三的车洪才就是被抽调的学生之一。

……

刚去的时候也不知道学什么语种,只是被使馆临时分了宿舍,宿舍里就有日后一起编词典的张敏。最后决定的人随手一指,告诉他们:"你们这个宿舍的人学普什图语,另外的宿舍就学波斯语吧。"

……

回国后他先是在北京广播学院(现中国传媒大学)教语言,培养了两批学生。然后去了国际广播电台普什图语组,其间还被要求把人大的政府工作报告翻译成普什图语,"那时候国家对非通用语的需求非常大,我就被调来调去。"他说道。

……

1975 年,为了增加中国在联合国教科文组织的影响力,国务院召开的全国辞书工作会议决定,准备花 10 年时间出版 160 种中外语文词典,其中就包括《普什图语汉语词典》。

……

同时参与编写的还包括他的助手——从河北文化馆抽调来的他以前的学生宋强民，他们两人完全脱产编字典。老同学张敏则利用在国际台普什图语组工作的便利时常帮忙。

……

车洪才刚接手词典，信心很足。他希望打造出中国第一本优质的普汉词典，"可以流传后世的那种"。他和宋强民都乐观地认为词典的完成会在"两三年之内"。

……

这个事情没有任何经费。他们从国际广播电台借了一台普什图语打字机，先在纸上打普什图语，再换英文打字机敲上英文。后来两人又想到卡片的形式利于保存，宋强民就找到了当时西单二龙路街道办事处的一家印刷厂，厂里有一些不用的下脚料，他拜托他们把这些纸切成大小相同的卡片，于是就有了统一的格式：在15厘米×10厘米的卡片上，先是普什图词语，然后是注音，下面是词性，最后是释义。

"小宋爸爸是戏剧学校的领导，小时候抄过戏文，所以他的字也写得很工整。那真是一丝不苟地写字。"车洪才感叹。

……

结果等了一段时间，他发现没有人过问这件事。领导从没来看过他们，同事除了在每周一次的政治学习上见他一面，都搞不清他在做什么。只有商务印书馆的编辑每隔大半年会打个电话过来，询问一下进度。

……

命运不受支配

编词典的工作烦琐而枯燥。他和宋强民长时间地闷在办公室里，只能听见铅笔"沙沙"写字的声音。因为过度聚精会神，眼睛会很疼，"像针扎一样"。碰到生僻的词汇，有时候一上午也编不出几个。车洪才觉得自己就像是电影《李时珍》里的人物，在进行一个漫长的而没有尽头的采药工作，"编词典的时候看着外面的楼一天天上去，我就在想我们这速度怎么上不来？"

……

未完待续

车洪才记得,第一次听说本·拉登的名字还是在 2001 年"9·11"事件之前。即便退休了,他仍然关心阿富汗局势,他分析塔利班里面应该有正规军混了进去,"不然不会那么快控制全国的局势"。

结果不久之后就发生了"9·11 事件",以美国为首的联合国军队拉开了对阿富汗塔利班组织战争的序幕。此后自杀性爆炸事件层出不穷,世界进入了一个"全球反恐战争"的时代。由于长期在阿富汗作战,美国政府感到普什图语人才奇缺,还曾公开向全世界招聘既懂英语又懂普什图语的人才。

这时候,北京广播学院也恢复了对非通用语专业的招生,在家待了很久的车洪才被请过去教授普什图语。他偶尔会在课堂上提到那本没编完的词典,还有锁在箱子里的卡片,学生们都很惊讶,觉得"不编完可惜了"。

此时中阿两国的交往更加频繁,普什图语的需求很大。在甘肃,一个阿富汗人贩卖鹰隼,审判的时候没人懂普什图语,还专门从北京调了他的一个学生过去翻译;而一位在中国国际广播电台普什图语频道工作多年的领导,刚下飞机到了乌鲁木齐机场就被一群阿富汗人围住请他帮忙,因为他们不会填写出入境表格。

这让他决心把词典编完。2008 年不再教书有了完全闲暇之后,已经 72 岁的车洪才叫上原来在喀布尔大学的同学、一起编过词典的张敏,作为共同的主编来完成这部词典。"前几天我还打电话问他身体怎么样,他有前列腺炎,说最近还要再检查检查。我说不要紧,离死还早着呢,坚持把这个干出来。"

……

为了能让出版社印刷,他们必须先把卡片上的词条输入电脑。张敏不太会用电脑,这事由车洪才来做。一开始总是出事故,不是忘记保存了,就是他的普什图文软件和系统不兼容。这个软件是他在瑞典一个阿富汗人创建的网站中找到的。"他一皱着眉头从屋里出来,我就想坏事了,又要重装系统了。"学平说。

又花了 4 年多的时间,到了 2012 年初,全部的初稿已经基本完成。车洪才觉得悬了 30 多年的心终于落定。

……

他另一个编词典的同伴宋强民在 2000 年就已经去世,但宋在美国的夫人韦力听说了他又重新编写词典的事,还专门打电话过来询问,说出版如果需要钱,"我赞

聚焦"众生相"——剖析人物万象 | **117**

助!"她觉得丈夫一辈子做了件有意义的事,就没有白活。

车洪才说:"我不求名,不求利,到现在没拿到一分钱,完全是自己花精力在搞这个东西,评职称什么的都没用过这个,用不上。"

2012年4月,去商务印书馆的那天,是他30多年以来头一次回去。他洗好了头,套上一件棕色的皮夹克——这样显得精神,搭着公交就来了。儿子的担忧也并没有出现,张文英女士当场就表示她愿意接手词典。按照合同规定,词典将会在2014年年内出版,每千字稿酬80元。

(《人物》,2014年第2期)

作品赏析：

《国家任务》犹如一个情节曲折的故事,将车洪才用36年的人生编纂词典的全过程娓娓道来;它又仿佛是一部真实动人的电影,用声画传递着遗忘背后的坚守,呈现着车洪才的奉献人生。

故事化叙事,再现编典的全过程。 这篇特写犹如一则故事,将车洪才编纂词典的前因后果以及细节过程一点一滴地呈现出来。全文采用倒叙的手法,以一个特定场景拉开故事的序幕,从车洪才去商务印书馆试图出版词典的画面,引出他当年如何接下这个国家任务,以及在被遗忘的情况下仍坚持编纂词典的故事。整个故事的时间跨度很长,但作者几乎把所有的转折细节都清晰地叙述出来。"天降大任"的惊喜、"命运不受支配"的彷徨、"未完待续"的执着……让读者跟随车洪才一起经历36年的人生沉浮,感受他用尽半生心血坚持完成"被遗忘的国家任务"的精神品质。结尾处重新回到开头的场景,首尾呼应间自然构筑了一个圆润而丰满的故事体例。

镜头式语言,还原真实的车洪才。 全文采用镜头式的语言,截取车洪才编纂词典进程中的一些片段或画面,通过人物的特写镜头,再现了车洪才的心理活动及人物行动等,具有较强的现场感,给读者带来真实可感的视觉印象。车洪才和宋强民"长时间地闷在办公室里,只能听见铅笔'沙沙'写字的声音。因为过度聚精会神,眼睛会很疼,'像针扎一样'""大多数时候他都对着一台电脑,把卡片的内容输入进去"。镜头式的特写语言,将车洪才一丝不苟的工作状况、踏实认真的态度绘声绘色地描绘了出来。"去商务印书馆的那天……他洗好了头,套上一件棕色的皮夹克——这样显得精神，搭着公交就来了。"精神矍铄的车洪才踏上了出版词典的路，镜头记录的不仅是他前往商务印书馆的行路，更呈现了他不追名逐利只为传扬中外文化的高尚形象。

整篇文章看似平淡叙事，实则精心组织。读罢全文，我们犹如亲历一场曲折的编纂过程，跟随车洪才一起体验"天降大任"的欣喜，"被遗忘"的艰难与失落，编完词典的欣慰……一个又一个的场景画面与情感波澜，再现了车洪才的艰辛历程，也感动了读者。

（滕叶）

漫长的葬礼（节选）吴琦

成为伟人的代价之一，就是越来越多的人等待着你的死亡。

12月5日，曼德拉真的去了。讣告迅速占领媒体头条，整个世界像是做足了心理准备，异口同声地发出了叹息。仿佛在那一刻，正如他所倡导的，一切都宣告和解。

透过他的一生，自由主义者看到了自由，革命者看到了革命，更多的人被他的语录折服。那些慷慨激昂的句子，美好而政治正确，传递着从具体的历史语境中抽象出来的价值——善良、宽容、平等、博爱。

第二天，南非现任总统祖玛宣布，曼德拉的葬礼将于12月15日举行。

进入约堡

一个激动的年轻人，全力以赴，冲在最前——这就是曼德拉在当时的角色。

"也许，他原本可以做一个快乐的小镇律师，有一个家庭和一座农场。"曼德拉传记作者、《时代》杂志总编理查德·史丹格（Richard Stengel）在对曼德拉进行了长达75小时的采访后，曾经这样说。

当这个小镇律师来到约翰内斯堡找工作时，他的人生就走向了截然相反的方向。这里是南非的经济中心，也是最繁华的城市。曼德拉在索韦托见到了房地产商瓦尔特·西苏鲁，在他的介绍下找到了一份律师助理的工作。西苏鲁是ANC（African National Congress，南非非洲人国民大会，简称"非国大"）的领袖之一，也是曼德拉在政治上的领路人。

1944年，他参与创建"非国大"青年联盟。因为对党内保守派感到不满，他参与游行，积极介入罢工，倡议群众运动，还经常在集会上发表演讲，甚至把别人推下讲台。他的思想倾向于激进的非洲民族主义——南非共产党最初是一个白人政党，20世纪40年代后才开始关注的非洲民族解放问题，被他视为舶来品。

被判死刑

他是一个实用主义者，这未必是对他的贬低，他首先考虑的是怎样赢得革命。

1960年，政府制造了"沙佩维尔惨案"，枪杀60名和平抗议者，这成为"非国大"转向武装反抗的转折点。1963年，曼德拉等9名"非国大"领导人被判绞刑（之后改判），这就是著名的"瑞弗尼亚审判（Rivonia Trial）"。在开庭辩护中，他承认自己是武装力量"民族之矛"的指挥官，也承认马克思主义的无产阶级社会目标影响了他，但他同时表达了对英国大宪章、美国人权法案的向往——一切与"平等"相关的概念吸引着他。他说："我知道，这些在白人听来就是造反，因为大多数选民将是黑人，白人害怕民主。"

整个20世纪60年代，当南非还在强化种族隔离制度时，其他非洲国家已经掀起了反殖民的浪潮，更早取得独立的亚洲国家也鼓舞着这里的斗争，曼德拉的思想发生了变化。他公开对资本主义世界提出批判，决定去往其他非洲国家寻求支援。1962年1月，他秘密越过边境，途经坦桑尼亚、苏丹、尼日利亚等国，并在阿尔及利亚、埃塞俄比亚接受军事训练。如果说在此之前，曼德拉是甘地的追随者——他的律师业务就是替遭遇不公的黑人打官司，就像甘地为印度移民出庭抗辩。那么此时，他的道路和弗朗茨·法农短暂会合了——法农出生于法属马提尼克岛，长期研究并支持阿尔及利亚的反殖民运动。他认为，暴力是仇恨的疗伤剂。

从非暴力运动滑向暴力革命，这一转变成为曼德拉身上的某种污点——他以宽容闻名。事实上，在整个20世纪中叶，这样的路线分歧广泛地存在。非洲的曼德拉与法农，亚洲的甘地和毛泽东，美洲的马丁·路德·金和切·格瓦拉，这些20世纪的伟人在相似的历史情境下做出了不同的选择。"曼德拉从来不是一个演说家，也不完全是一个知识分子，他是一个实用主义者（或者说实干家），年轻时候就是，现在更是如此。"他的传记作者如此评价。这未必是对他的贬低，他首先考虑的是怎样赢得革命。

铁窗岁月

在监狱里，"闹事者"成熟了，他变得更像他的部落名字马迪巴——"调解人"。

这是一次牢狱之灾，更是一次漫长、艰苦而又必需的自我塑造。由于"非国大"遭到取缔，流亡海外和在监狱服刑成了主要领导人继续斗争的方式，曼德拉显然没有放弃。他3点半就起床跑步，原地踏步1小时，再做有氧运动和举重，还因此遭到狱友抗议。他还喜欢读报，这是监狱里的稀缺品。每次拿到一张报纸，所有文章他都要细细看过，哪怕是烂俗的边角故事。有一次因为读报，他被关了3天禁闭。

狱友们组成学习小组，在白沙上写字。在采石场干苦力时，大家想办法交谈，打暗语、传纸条，凿出来的山洞是他们的临时厕所，也是上课和开会的地方。西苏鲁主讲"非国大"的历史，而曼德拉主讲政治经济学。他承认，自己的教学有社会主义的倾向，"我认为社会主义是当时人类经济生活最先进的阶段"。其他课程还包括印度人和有色人种的斗争史、马克思主义等等。许多人在此期间通过函授课程，取得了学位。而曼德拉本人开始学习南非荷兰语——这是南非白人的语言。他想更全面地了解自己的对手，而且他在监狱里有充足的时间那样做。

但他坚持争取犯人的权利，为了一碗汤、一双鞋、一本书去抗争，抗争的方式是谈判，训练自己用南非荷兰语和狱卒谈判。监狱条件一点点在改善，已经比其他监狱更人道一些，他们甚至成功地更换了监狱长。经过时间的历练，他看到了人性的两面。每当他遇到选择题，他会反问，为什么不能两个都选？"两个都要"，他常用这个简单的答案来回答那些看似艰难的问题。这些狱中维权简直就是日后他和南非白人政府谈判的预演。

秘密谈判

曼德拉的勇敢，并不是全无恐惧，而是知道如何隐藏，并且想方设法解决它。

他的确是一个情绪控制的大师，懂得在不同场合下怎样表现自己。蹲监狱的时候，他也害怕被暗杀。南非安全局曾派出一个人假扮狱警，谎称帮他越狱，然后在跨越国境时击毙他。但在狱友面前，他必须表现出从容和勇敢。住在他隔壁的人说，每次路过他的囚室，就能感到振奋。曼德拉的勇敢，并不是全无恐惧，而是知道如何隐藏，并且想方设法解决它。

与白人政府的谈判，一开始也是秘密进行的。曼德拉成为最符合各方诉求的最大公约数。经过监狱的锻炼，曼德拉已经成为一个出色的谈判者，精明而顽强。在他单独监禁期间，为了与一个狱警缓和关系，以便申请一台电炉，他投其所好，用新学会的南非荷兰语和他聊起橄榄球，最终如愿以偿。

政府最初的谈判条件，是让"非国大"放弃暴力革命、南非共产党和多数人原则。曼德拉没有同意，但尽力做出解释：第一，政府应该首先承诺不动武；第二，"非国大"不处在共产党的控制之下，也不打算在革命尚未成功时放弃自己的盟友，而且《自由宪章》不是社会主义的构想，而是非洲式的资本主义蓝图；最后，南非属于一切居住在南非的全体人民，"我们并不想把你们赶向大海"。

宣告和解

是他身上巨大的偶像力量,把南非人的认同黏合在一起,他的形象代表着这个国家新的合法性。

出狱那天,比原计划晚了两小时。原因是当时的妻子温妮跑去理发店做头发,曼德拉责骂了她。但走出监狱大门的那一刻,他的脸上依然挂着胜利的笑容。

27年后,他的形象更加广为人知了。人们为他欢呼,好像他从未离开一样,又或者,因为他离开了那么久而显得更加热情。每当他出现,都会变成盛大的集会。

当然也有人等着干掉他。就在他发表首次演说时,还发生了小范围骚乱。人群向警察投掷石块,警方发射了催泪弹。"绞死曼德拉""把他赶回监狱",白人右翼开始集会,在集会上引爆炸弹。他们害怕失去自己的官职和生意,害怕因为自己过去的言行遭到报复。黑人右翼运动也蠢蠢欲动,"杀死布尔人"的口号响起了,祖鲁人的不同派系也发生了争执,他们唯恐曼德拉背弃黑人。

全部谈判一直持续到1993年,国内重要的政治团体都参与了进来,包括"非国大"。有人认为,对曼德拉来说,最艰难的不是和白人政府的周旋,而是他的方案遭到了"非国大"内部的异议。党内有许多反对他的声音,甚至密谋推翻他的权威,认为他"太过自我膨胀"。

人们一度担心这位长久生活在大众传媒之外的政治人物已经落后于时代,毕竟他只在被捕前接受过一次电视采访。但"调解人"的天赋发挥了作用,他的公共发言总能缓和危机,抚慰人心,仿佛"整个世界都在他的怀抱"。更重要的是,他提供了一个宝贵的"两个都要"的立场。尽管人们疑虑重重,但内心都知道那是唯一一条通往和解的路。在克里斯·哈尼遭暗杀之后,内战的危险更近了,曼德拉再次发表电视讲话——此时他还不是国家元首。图图大主教说:"假如纳尔逊·曼德拉没去电视台说那番话……我们的国家将会燃起熊熊战火。"

目前已有91位各国政要将出席他的葬礼,1 500名记者注册。他的遗体将放置在总统府供人瞻仰,举行追悼会的约翰内斯堡FNB体育场最多可容纳94 000人。根据史蒂文·弗里德曼的观察,"悼念是合适而有分寸的",除了一些哀悼时刻,人们的日常生活仍在继续,包括体育和社交活动,"我认为这是一种成熟的反映"。葬礼全程安排为期10天,并通过电视向全球直播。

南非的道路远比这次葬礼更漫长。北京大学历史系教授、《南非史》作者郑家馨接受采访时说,"原本他有着拳击手一般的身体",肺病是曼德拉在罗本岛监狱时落下的病根,因为采石工作伤了他的肺。世界应该给南非时间,但对于曼德拉——这个"南非黑人中最伟大的人物"来说,"95 岁的高寿,已经病痛了那么长的时间。现在走了,也是时候了。"

(《南方人物周刊》,2013 年第 43 期)

🌹 作品赏析:

"勇敢的人并不是感觉不到畏惧的人,而是征服了畏惧的人。"勇者曼德拉即使身处黑暗也从未放弃寻找光明,在寻求自由与独立的漫漫长路上无畏前行。本文从《漫长的葬礼》开始,追寻曼德拉穿越黑暗的脚步。

时间为经,经历为纬,编织勇者地图。《漫长的葬礼》以时间为脉络,梳理出曼德拉的人生经历,并将曼德拉每一阶段的主张与信念融于字里行间,让读者看到一位自由斗士的成长历程。

出生于黑人精英家庭,从小的教育带来骨子里对自由、权利的主张;当过保安、当过矿工,对不平等的现实深恶痛绝,毅然投身政治,参加主张非暴力斗争的南非非洲人国民大会,游行、罢工、演讲,全身心投入群众运动,让人看到一个意气风发的斗争者。他创建起武装力量"民族之矛",认为"暴力是仇恨的疗伤剂"。在非暴力到暴力的转换中,曼德拉首先考虑的是怎样赢得革命。这一阶段的曼德拉,是一个冒险激进的革命者。就算被关押进监狱,曼德拉也不忘自我塑造。他广泛阅读,学会从对立的角度思考问题,是一个历经磨难的调解者。在遭遇白人黑人右翼的恐吓、与白人政府的艰难斡旋和"非国大"内部的反叛情况下,曼德拉从未妥协,成为一个勇敢前行的解放者。

勇气为灯,坚持为绳,攀登自由高峰。 在通往自由的道路上,曼德拉走了很久。"我努力不让自己止步。在这条路上我也曾迷失过,但我发现了一个秘密,就是当爬过一座高山后,才发现原来还有更多的山要攀登。"

身为反种族隔离的领袖人物,曼德拉即便内心恐惧,也会将情绪隐藏,向公众传播微笑与希望。他把磨难视为自我修炼,直面飞机差点失事、战友被暗杀、被设计谋杀等接二连三的变故。每一次恐吓都为他增一分力量,每一重打击都为他添一份决心,27 年的牢狱生涯更是磨炼了他的意志。在自我提升之外,曼德拉还面临国家内外种种质疑、不满、敌对、破坏等声音与行动。艰难困苦带给他智慧,曼德拉洞见各方利益诉求,以平等为原则,协商处理党派与党派之间、党派内部的问题,最终达成共识，带领人民走向通往和解之路。他在多股力量之间来回游走，却从未放弃自己的信念，只为给人民带来一个平等、和平、稳定的家园。

正如曼德拉在自传中所写到的："随着自由而来的还有责任，我不敢逗留，漫长的旅途还未到尽头。"南非的自由之路还很漫长，世界的自由之路也未到尽头。曼德拉虽已离去，但他的精神永远如闪烁不灭的星辰照亮寻求前路。

（刘潇婷）

冰河英雄 〔美〕克莱尔·萨夫安

佛罗里达航空公司 90 号班机,像只困在冰天雪地里的鸟。从机窗往外望,模糊看到华盛顿国家机场。偶然一阵寒风把密雪震开,乘客隐约看见雪犁在跑道上清除积雪,工人在机翼和机舱上喷乙二醇防结冰剂。

飞机原定起飞时间——今年 1 月 13 日下午 2 时 15 分——已经过了。乘客有点忐忑不安,还有一个婴儿在哭。过了一个钟头,几个男人在说笑。"最少应该有杯免费的酒喝。"有人说。几个男人笑得很牵强,可是有一个男人豪迈的笑声——好像告诉大家不会有问题——少数人听了比较放心。

威廉斯常常笑。他母亲说:"他热爱生命,总有办法活得很开心。"威廉斯当时 46 岁,离了婚,头顶渐秃,灰白的络腮胡子修剪整齐。一到周末他就和他两个孩子一起玩,有时候开一辆小厢式载重车去露营。

威廉斯是一家政府银行的高级稽核,经常要去五六个州的银行轮流查账,所以坐飞机成了习惯。他总是坐在机尾,"飞机上最安全的地方。"他说。他系上安全带,然后埋首看书。

下午 3 时 37 分,波音 737 飞机得到起飞通知。飞机排在第 16 位顺序的时候,机翼上又在开始结冰。冰很危险:能使飞机过重,机翼周围的气流畸变,使飞机仪器出错。

威廉斯"只是个普通人",他的母亲说,威廉斯也是用这个谦虚的字眼形容自己。家庭剪贴簿上有一封他 9 岁时写给奶奶的信:"我在学校成绩真不错,每科都是'丙'。"可是认识他的人都觉得他特殊,因为他衷心关心别人。他有在日常生活中找到乐趣的本领,也许是因为他小时候差点享受不到日常的生活。他 5 岁时,半夜常因右腿痛楚万分而醒过来。他忍着不哭,但有时候实在受不了便痛喊起来。

医生过了 5 年才找出根源:是一种罕见的髋骨良性瘤,要动手术。开刀之后,威廉斯承认他曾经"害怕"。以前他没谈过他的恐惧,以后也没再提。

　　喷气客机下午 3 时 59 分在跑道上怒吼。起飞时飞机抖动,挣扎升高。有飞行执照的商人斯提雷坐在机尾,感觉到 90 号班机爬升得不对。"我们无法升空。"他对邻座的女人说。正驾驶竭力设法把飞机升高,仅仅飞过波多玛河上的两座桥梁。突然飞机好像失速。"我们在下降。"副驾驶说。正驾驶凛然回答:"我知道。"

　　元旦那天威廉斯对未婚妻碧格斯说:"我活不了很久了。"

　　也许他有预感,也许是感觉到事业上一次最困难任务的压力。六个月来他一直在查核一家有问题的银行。他调查的结果可能使银行的高级人员毁掉前途。威廉斯总是为别人的痛苦而心里难受,他说:"这些人的一生要完了。"

　　他回到华盛顿和政府银行总行的人讨论过那家银行。到他登上佛航 90 号班机去坦帕的前几天,有个晚上他打电话给碧格斯。那夜的寒冷是 100 年来屈指可数的,他旅馆房间的暖气也有毛病。"冷啊。"他对碧格斯说,"真冷。"

　　下午 4 时 01 分,90 号班机撞到第十四街的桥。那声音"响极了",一个目击者说:"我连自己尖叫的声音都听不见。"喷气客机削去了几辆汽车的车顶,然后裂成两半,坠入结冰的波多玛河中。接着是一阵恐怖得令人心脏停止跳动的寂静。然后一片混乱——垂死的人和伤者的叫喊声,警车、消防车、救护车的警号声。许多人束手无策地看着机舱困住一排排扣着安全带的乘客在冰河中沉下。

　　威廉斯是 1950 年在伊利诺伊州的麦通镇成年的,那里有一望无际的耕地。他带女友佩吉去参加学校舞会,后来把车停在湖边,等待其余的人一起去舞会后的晚会。佩吉的车窗开着,突然她觉得有个陌生人的手抓住她的手臂。一个身材魁梧,显然是喝醉了的人叫她下车。"别动。"威廉斯说。他打开车门,向那男人走过去。"抽烟吗?"他镇定地说。接着他平静地说了几句话,很快就把那男人打发走了。"威廉斯很谦虚。"佩吉回答说,"但他知道在紧急情况下应该怎么办。"

　　90 号班机撞毁后不久,只剩下断掉的机尾还浮着。4 个人——两男两女——扶着机舱裂口。接着有一人冲上水面——提拉多。她人在休克状态中,断了腿,丈夫和婴儿都不见了。费尔奇和斯提雷把她扶到生还者的小圈子。

　　这五个迷惘的生还者踩着水支撑。有人断了手臂,有人断了腿。有两个因为坠机时的冲击而肺部压瘪了。"我们都活不了。"有人说。费尔奇记得提拉多尖喊:"我的宝宝呢!我的宝宝呢!"

　　下午 4 时 20 分听到一架美国公园警察队的直升机的声音。厄歇尔驾驶直升机在河面上低飞翱翔，仅仅看见有个男人好像比别人清醒。河水只到他胸部，身体却挺直。厄歇尔回想起来说，他头顶微秃，一脸灰白胡子。

直升机机员放了一条救生绳给贝特·汉密尔顿，他在离机尾大概 3 米处踩着水。他接过绳子，其他的人看着他被带到 90 米外弗吉尼亚州的河岸。机员飞回去，又把绳子朝秃顶的那个男人放下。他接了绳子，但并不绑在身上，而是递过去给机员中唯一生还的服务员邓肯。她接过绳子，绑在两臂下抓紧，由直升机送到岸上。

威廉斯总是希望有新的挑战，1953 年他进了军事学院。他在课室和操场上接受严格训练，几乎什么都要学，甚至立正吃饭。他为自己能挨过那四年时间而自豪，所以总是戴着学院的戒指，也始终保持挺立的姿势。

"他在压力底下才表现出他的优点。"政府银行一位同事说，"他总是自告奋勇，接受最艰难的工作，并在限期紧迫的情况下完成任务。我有时觉得他像是个没有机会发挥的战时英雄。"

波多玛河上两道桥梁之间只能供一架直升机操作。于是那架唯一的直升机赶回来，这次带了两条救生绳。他们把一条向秃顶的男人放下。他又抓住了绳子。这时候他是否稍微想到自己生存的机会？他一定知道时间逐渐过去，体力逐渐衰退，希望逐渐消失。可是他还是把绳子传过去。生还者中受伤最重的斯提雷把绳缠绕自己的身体，然后抓着提拉多。在直升机刚要飞开的时候，费尔奇抓住第二根救生绳。斯提雷处于休克状态，气力全失，疼痛难忍。他觉得渐渐抓不牢提拉多，费尔奇也觉得她抓不紧救生绳。直升机把他们带去岸上的时候，两个女人都跌回冰冻的河水中。

威廉斯离婚两年了，对前途乐观。"我在重新过活。"他对人说。他有一班朋友——他也在盼望和碧格斯结婚。

"抓住啊！"桥上的人喊道。机尾逐渐下沉，不过他们还勉强看见第六个人的头和双手。直升机来回把救生绳放下去给勉强浮着的提拉多。她抓到救生绳，可是已经没有力气。她滚转身，两眼透着绝望的眼光，将要沉下去。这时候一个勇敢的旁观者斯库特尼跳下冰河把她拖到岸上。

直升机在费尔奇上面低飞，几乎碰到冰块。拯救员温沙抱起这个差不多人事不省的女人，把她抱在飞机外面送到安全地点。

时间是下午 4 时 30 分——失事之后 29 分钟，直升机第一次救人之后 10 分钟——终于轮到那秃顶的人了。直升机再次飞向逐渐下沉的机尾，机上两个机员很想去见河中那个男人，告诉他，他们从没见过像他那样无私勇敢的人。他们全神张望，寻找 90 号班机的英雄。可是河水一片漆黑，空洞无物。秃顶的人不在了。后来温沙把这件事告诉妻子的时候哭了起来。"他本来第一次就可以过去。"正驾驶厄歇尔说，"可是他把每一个人都看得比自己重要。每一个人。"

威廉斯是否确是水中那个了不起的第六个人呢？在捞起的 79 具尸体中，他最像大家说的那个人。他的死因是溺死，不是撞击致死，而且他受伤程度不重，可以做到那第六个人所做的事。

虽然电视摄影机很快就来到现场，可是他们的位置离开相当远，而且已是薄暮时分。在几帧镜头中，可以认出那个人的后脑和双手，也看见一只手表。威廉斯的尸体被捞起时，他的表还在走。到交还给他家人的时候还在走，好像说："记着我，记着我。"

但有些问题还未解决。在水里舍己为人的是否是威廉斯？他为什么要那样做呢？既然我们大概永远无从肯定，也许关于那个人我们所要记住的最重要的话，就是威廉斯老太太形容她儿子的话。"他只是普通人。"她说。在危急的时刻，拯救我们大家的不正是"普通"人吗？

（《新闻记者》，1984 年第 8 期）

作品赏析：

本文采用时间顺序和逻辑顺序相交叉的结构方式，通过对 1982 年美国佛罗里达航空公司飞机失事的描述，穿插介绍"冰河英雄"威廉斯的生平事迹，表现了在灾难面前平凡人的善良以及人与人之间的温暖。

细致描绘，再现灾难现场。90 号班机"像只困在冰天雪地里的鸟。从机窗往外望，模糊看到华盛顿国家机场。偶然一阵寒风把密雪震开"。"困在""模糊""震开"等词语，突出了当时环境的恶劣，暗示了灾难的即将到来。在原定起飞时间过了以后，乘客也变得"有点忐忑不安，还有一个婴儿在哭"。"过了一个钟头，几个男人在说笑。'最少应该有杯免费的酒喝。'有人说"，作者通过对人物语言和情态描写突出了乘客们的些许焦躁与烦闷。3 时 37 分，飞机得到起飞通知。排序的时候，"机翼上又在开始结冰"；3 时 59 分，飞机在跑道上怒吼，"起飞时飞机抖动，挣扎升高"；4 时 01 分，飞机撞到了第十四街的桥，"削去了几辆汽车的车顶，然后裂成两半,坠入结冰的波多玛河中"。现场一片混乱,只剩下了"垂死的人和伤者的叫喊声,警车、消防车、救护车的警号声"。90 号班机"只剩下断掉的机尾还浮着","五个迷惘的生还者踩着水支撑。有人断了手臂,有人断了腿。有两个因为坠机时的冲击而肺部压瘪了"。作者通过细致描绘飞机失事前、失事后的环境,展现了灾难的惨状,凸显了灾难的残忍与无情。

双线并进,勾勒勇者形象。 文章采用双线并进的结构,勾勒了一个平凡而伟大的威廉斯。他 5 岁时患上髋骨良性瘤,备受病痛折磨的童年使他更加珍惜生命,"热爱生命,总有办法活得很开心"。所以,当飞机上的其他人都感到心神不宁的时候,威廉斯还能发出"豪迈的笑声"。正如女友佩吉所言,"他知道在紧急情况下应该怎么办",这也为他在灾难面前的义举埋下了伏笔。在军事学院,威廉斯认真好学、严格自律、勇于挑战。在整个营救过程中,"秃顶男人"威廉斯把生的希望留给别人的举动与平时正直善良的表现紧密交织,让读者随着对威廉斯逐步加深的了解,被他的英勇行为所打动,更为英雄的陨落而心痛、惋惜。

(黄婷婷)

现代舞蹈的创始人格雷厄姆逝世 美联社

现代舞蹈的创始人之一——马莎·格雷厄姆今天在她曼哈顿的家里去世，享年 96 岁。

格雷厄姆女士在 21 岁时开始跳舞，直到 76 岁才结束她的表演生涯。舞蹈界人士认为，她为 20 世纪现代舞蹈艺术的发展做出了巨大的贡献。

她的学生们虽然凭着他们的天才在舞蹈界获得了一席之地，但就对美国摆脱 19 世纪古典主义桎梏的独特艺术形式所做的贡献而言，没有哪一个能超过她。她的早期作品被比作毕加索的绘画和斯特拉温斯基的音乐，她的后期作品使她赢得了芭蕾舞蹈动作设计家的声誉。

格雷厄姆女士体态娇小，她那弯如新月的眉毛以及紧束的发髻，都使她的外表赋予了她所扮演的舞台形象以很强的艺术效果。她的舞蹈淋漓尽致地表现了人类的肉欲、贪婪、嫉妒、欢乐和爱恋之情。她的表演扣人心弦，入木三分。她的舞蹈吸收了多方面的素材，比如希腊神话、美洲的开拓者，其中还包括了对她自己的清教徒传统的叛逆因素。

在科学和技术主宰的时代里，格雷厄姆女士的处女、女神和疯女人光着脚随着极不和谐的配乐，在几乎没有装饰的舞台上疯狂地旋转。她所释放出来的那种原始的激情，震动了观众，使他们如醉如痴。

格雷厄姆女士曾经说过，"每一个舞蹈就是一种热度表，一幅情感图。舞蹈用来表达思想的仪器，也就是人类生命赖以存在的那个仪器，即人体。"

格雷厄姆女士 1894 年 5 月 11 日出生于匹兹堡。她的父亲是一名来自苏格兰的医生。当她年轻的时候，她的父亲就把家搬到了加利福尼亚的圣巴巴拉市。

小时候，她就观看过鲁思·圣丹尼斯的舞蹈表演，并为之神魂颠倒。在她父亲于 1916 年去世后，她进入洛杉矶的丹尼肖恩舞蹈学校。她喜欢采取倾斜的动作和姿态,用弯曲的脚而不是用足尖点地的方式控制起落和跳跃的力量,再配以有节率的呼吸方式表现前人所未表现的人类激情。

(美联社,1991 年 4 月 1 日)

🌸 作品赏析:

美国媒体的讣闻报道通常是向读者娓娓道来逝者生前的故事。本文讲述的不是格雷厄姆去世的原因和追悼会的场面,而是格雷厄姆自小迷恋舞蹈、终身投入舞蹈事业、开创了现代舞蹈的故事。报道通过讲故事凸显了格雷厄姆的人生价值,引起人们对逝者的缅怀和思念。

语言清新活泼,再现人物形象。本文不同于严肃、刻板的讣闻报道,其语言清新活泼。通过对格雷厄姆形象和作品的描述,展现了她昔日的风采,突出了格雷厄姆在艺术上的个性色彩。"她的早期作品被比作毕加索的绘画和斯特拉温斯基的音乐",作者采用比喻的手法,从视觉、听觉上让读者感受到格雷厄姆现代舞的艺术魅力,领悟其作品的精髓。作者对格雷厄姆外表特征的描写、对她美妙舞姿生动的刻画,使读者眼前浮现出一幅生动的画面:粗拙的舞台上,一个娇小玲珑,有着弯月眉毛、紧束发髻的女人,光着脚在极不和谐的音乐节奏中疯狂地旋转、跳跃,再配以各种夸张的动作和有节律的呼吸,爆发出人类情感中被压抑、最原始的激情,表现出人类与大自然的抗争、对生存的迷惘、对人性的叛逆以及对美好生活的向往。

叙事一波三折,紧扣读者心弦。文章落笔看似漫不经心,实则经过精心锤炼,蕴含着波澜起伏的情感。文章开篇报道了现代舞的创始人格雷厄姆去世的消息,让人不由自主地为之伤感;紧接着,读者就被带到格雷厄姆那如诗如画的艺术氛围中;在读者如痴如醉地沉浸在格雷厄姆的舞蹈画面中时,文章又突然切换到现实中,叙述了格雷厄姆的生平;当读者的心刚刚平静下来,文章又以饱含激情的笔调刻画了格雷厄姆对舞蹈强烈的热爱,她用一生诠释着足尖的艺术。正如格雷厄姆所说,"每一个舞蹈就是一种热度表,一幅情感图。舞蹈用来表达思想的仪器,也就是人类生命赖以存在的那个仪器,即人体。"一波三折的叙事,调动着读者的感情,吸引着读者的注意力。

文章字里行间流露出淡淡的哀思和对格雷厄姆的缅怀之情,让人产生一种炽爱的情怀,一种对真、善、美的渴望和追求。而这,正是对死者最好的追悼和纪念。

(熊娇)

法拉奇采访邓小平实录（节选）

〔意〕奥琳埃娜·法拉奇

1980 年 8 月 21 日、23 日，邓小平同志会见意大利记者奥琳埃娜·法拉奇时，对毛泽东的历史地位做了重新评价。以下是谈话内容：

奥琳埃娜·法拉奇（以下简称"奥"）："明天是您的生日，我首先祝贺您生日快乐！"

邓小平（以下简称"邓"）：我的生日？明天是我的生日吗？

奥：是的，邓先生。我是从您的传记里得知的。

邓：好吧，如果您这样说，那就算是。我从来不知道我的生日是哪一天。而且，如果明天是我的生日，您也不应该祝贺我：那就意味着我已经 76 岁了。76 岁的人已是江河日下了！

奥：邓先生，我父亲也 76 岁了。但是，如果我对他说 76 岁的人已是江河日下，他会扇我几记耳光的。

邓：他干得好！不过您不会这样对您父亲说的，对吗？

奥：天安门上的毛主席像，是否要永远保留下去？

邓：永远要保留下去。过去毛主席像挂得太多，到处都挂，并不是一件严肃的事情，也并不能表明对毛主席的尊重。尽管毛主席过去有段时间也犯了错误，但他终究是中国共产党、中华人民共和国的主要缔造者。拿他的功和过来说，错误毕竟是第二位的。他为中国人民做的事情是不能抹杀的。从我们中国人民的感情来说，我们永远把他作为我们党和国家的缔造者来纪念。

奥：对西方人来说，我们有很多问题不理解。中国人民在讲起"四人帮"时，把很多错误都归咎于"四人帮"，说的是"四人帮"，但他们伸出的却是五个手指。

邓:毛主席的错误和林彪、"四人帮"问题的性质是不同的。毛主席一生中大部分时间是做了非常好的事情的,他多次从危机中把党和国家挽救过来。没有毛主席,至少我们中国人民还要在黑暗中摸索更长的时间。毛主席最伟大的功绩是把马列主义的原理同中国革命的实际结合起来,指出了中国夺取革命胜利的道路。应该说,在六十年代以前或五十年代后期以前,他的许多思想给我们带来了胜利,他提出的一些根本的原理是非常正确的。他创造性地把马列主义运用到中国革命的各个方面,包括哲学、政治、军事、文艺和其他领域,都有创造性的见解。但是很不幸,他在一生的后期,特别在"文化大革命"中是犯了错误的,而且错误不小,给我们党、国家和人民带来许多不幸。你知道,我们党在延安时期,把毛主席各方面的思想概括为毛泽东思想,把它作为我们党的指导思想。正是因为我们遵循毛泽东思想,才取得了革命的伟大胜利。当然,毛泽东思想不是毛泽东同志一个人的创造,包括老一辈革命家都参与了毛泽东思想的建立和发展,但主要是毛泽东同志的思想。但是,由于胜利,他不够谨慎了,在他晚年有些不健康的因素、不健康的思想逐渐露头,主要是一些"左"的思想。有相当部分违背了他原来的思想,违背了他原来十分好的正确主张,包括他的工作作风。这时,他接触实际少了。他在生前没有把过去良好的作风,比如说民主集中制、群众路线,很好地贯彻下去,没有制定也没有形成良好的制度。这不仅是毛泽东同志本人的缺点,我们这些老一辈的革命家,包括我,也是有责任的。我们党的政治生活、国家的政治生活有些不正常了,家长制或家长作风发展起来了,颂扬个人的东西多了,整个政治生活不那么健康,以致最后导致了"文化大革命"。"文化大革命"是错误的。

奥:你说在后一段时期毛主席身体不好,但刘少奇被捕入狱以及死在狱中时,毛主席身体并不坏。过去还有其他错误,大跃进难道不是错误?照搬苏联的模式难道不是错误?对过去这段错误要追溯至何时?毛主席发动"文化大革命"到底想干什么?

邓:错误是从五十年代后期开始的。比如说,大跃进是不正确的。这个责任不仅仅是毛主席一个人的,我们这些人脑子都发热了。完全违背客观规律,企图一下子把经济搞上去。主观愿望违背客观规律,肯定要受损失。但大跃进本身的主要责任还是毛主席的。当时,经过几个月的时间,毛主席首先很快地发觉了这些错误,提出改正这些错误。由于其他因素,这个改正没有贯彻下去。1962 年,毛主席对这些问题进行了自我批评。但毕竟对这些教训总结不够,导致爆发了"文化大革命"。搞"文化大革命",就毛主席本身的愿望来说,是出于避免资本主义复辟的考虑,但对中国本身的实际情况做了错误的估计。首先把革命的对象搞错了,导致了抓所谓"党内走资本主义道路的当权派"。这样打击了原来在革命中有建树的、有实际经验的各级领导干部,其中包括刘少奇同志在内。毛主席在去世前一两年讲过,"文化大革命"有两个错误,一个是"打倒一切",一个是"全面内战"。只就这两点讲,就已经不能说"文化大革命"是正确的。毛主席犯的是政治错误,这个错误不算小。另一方面,错误被林彪、"四人帮"这两个反革命集团利用了。他们的目的就是阴谋夺权。所以要区别毛主席的错误同林彪、"四人帮"的罪行。

奥:但我们大家都知道,是毛主席选择了林彪,就像西方的国王选择继承人那样选择了林彪。

邓:这就是我刚才说的不正确的做法。一个领导人,自己选择自己的接班人,是沿用了一种封建主义的做法。刚才我说我们制度不健全,其中也包括这个在内。

奥:你们对"四人帮"进行审判的时候,以及你们开下一届党代会时,在何种程度上会牵涉到毛主席?

邓:我们要对毛主席一生的功过做客观的评价。我们将肯定毛主席的功绩是第一位的,他的错误是第二位的。我们要实事求是地讲毛主席后期的错误。我们还要继续坚持毛泽东思想。毛泽东思想是毛主席一生中正确的部分。毛泽东思想不仅过去引导我们取得革命的胜利,现在和将来还应该是中国党和国家的宝贵财富。所以,我们不但要把毛主席的像永远挂在天安门前,作为我们国家的象征,要把毛主席作为我们党和国家的缔造者来纪念,还要坚持毛泽东思想。我们不会像赫鲁晓夫对待斯大林那样对待毛主席。

奥:这是否意味着在审判"四人帮"和开下一届党代会时,毛主席的名字不可避免地会提到?

邓:是会提到的。不光在党代会,在其他场合也要提到。但是审判"四人帮"不会影响毛主席。当然,用"四人帮",毛主席是有责任的。但"四人帮"自己犯的罪行,怎么判他们都够了。

奥:据说,毛主席经常抱怨你不太听他的话,不喜欢你,这是否是真的?

邓:毛主席说我不听他的话是有过的。但也不是只指我一个人,对其他领导人也有这样的情况。这也反映毛主席后期有些不健康的思想,就是说,有家长制这些封建主义性质的东西。他不容易听进不同的意见。毛主席批评的事不能说都是不对的。但有不少正确的意见,不仅是我的,包括其他同志的在内,他都不大听得进了。民主集中制被破坏了,集体领导被破坏了。否则,就不能理解为什么会爆发"文化大革命"。

奥:我看到中国有其他的画像。在天安门我看到有马、恩、列,特别还有斯大林的画像。这些像,你们是否还要保留?

邓:要保留。"文化大革命"以前,只在重要的节日才挂出来。"文化大革命"期间才改变了做法,经常挂起。现在我们恢复过去的做法。

奥:四个现代化将使外国资本进入中国,这样将不可避免地引起私人投资问题。这是否会在中国形成小资本主义?

邓:归根到底,我们的建设方针还是毛主席过去制定的以自力更生为主、争取外援为辅的方针。不管怎样开放,不管外资进来多少,它占的份额还是很小的,影响不了我们社会主义的公有制。吸收外国资金、外国技术,甚至包括外国在中国建厂,可以作为我们发展社会主义社会生产力的补充。当然,会带来一些资本主义的腐朽的东西。我们意识到了这个问题,但这不可怕。

奥:那么,你是否认为资本主义并不是都是坏的?

邓:要弄清什么是资本主义,资本主义要比封建主义优越。有些东西并不能说是资本主义的。比如说,技术问题是科学,生产管理是科学,在任何社会、对任何国家都是有用的。我们学习先进的技术、先进的科学、先进的管理来为社会主义服务,而这些东西本身并没有阶级性。

奥:我记得几年前,你谈到农村自留地时说过,人是需要一些个人利益来从事生产的,这是否意味着共产主义本身也要讨论呢?

邓:按照马克思说的,社会主义是共产主义的第一阶段。这是一个很长的历史阶段,必须实行按劳分配,必须把国家、集体和个人利益结合起来,才能调动积极性,才能发展社会主义的生产。共产主义的高级阶段,是生产力高度发达,实行各尽所能,按需分配,将更多地承认个人利益、满足个人需要。

……

(《风云人物采访记》,新华出版社,1988 年)

🌸 作品赏析：

　　法拉奇，一位以犀利、尖锐著称的意大利传奇女记者，她那迂回、率真、紧追的采访形式，一直为人们津津乐道。对于新闻记者来说，法拉奇的每一次采访都提供了一次令人神往的示范：犀利提问的背后，彰显的却是在权威面前的平等姿态和独立人格。法拉奇与邓小平的相遇，则是其中的一个经典片段。

　　历史背景·奠定采访基调。随着十年浩劫结束，动乱中的中国渐趋平息。十一届三中全会的召开，形成了以邓小平为核心的新的中央领导集体。然而，毛泽东和周恩来的相继离世，却为劫难中重生的中国带来新的困境。往前看，路该往哪里走；往后看，如何在"文革"后对领导人进行恰当评价，这是西方资产阶级普遍关注的问题。介于此，邓小平同志接受了意大利记者法拉奇的采访。面对这次难得的采访机会，在采访之前，法拉奇细读过邓小平的自传，熟悉甚至是精通新中国的发展史。这就决定了她提问的深度和厚度，如"四个现代化将使外国资本进入中国，这样将不可避免地引起私人投资问题。这是否会在中国形成小资本主义"。

　　温馨寒暄·升华对话氛围。采访伊始，面对这样一位蓝眼、黄发的西方女记者，邓小平稍显谨慎。法拉奇则以一位媒体人的敏锐，洞察到邓小平的"防备"之心。"明天是您的生日，我首先祝贺您生日快乐"，一句温馨而亲切的寒暄，开始了这次不一样的国际对话。对于法拉奇的祝贺，76 岁的邓小平谦虚地称道："76 岁的人已是江河日下了！"法拉奇则笑称："我父亲也 76 岁了。但是，如果我对他说 76 岁的人已是江河日下，他会扇我几记耳光的。"这样的幽默和热情打消了邓小平的"防备"。一句温馨的寒暄，一句简短的祝福，赋予了这次国际对话友情般的色彩，也使他们的开场氛围更加融洽。

　　正面交锋·诠释领导风范。法拉奇的第一个问题"天安门上的毛主席像，是否要永远保留下去？"邓小平立即看出了这位女记者的意图，斩钉截铁地说："永远要保留下去。"尖锐与刚毅、犀利与平静的碰撞，使这次交锋更加精彩、新奇。接着，法拉奇紧追不放："中国人民在讲起'四人帮'时，把很多错误都归咎于'四人帮'，说的是'四人帮'，但他们伸出的却是五个手指。"邓小平面对如此唐突的问题报以一笑："毛主席的错误和林彪、'四人帮'问题的性质是不同的。"面对这些棘手和蛮横的问题,邓小平都能从容而坦诚地面对与回答,甚至是直率地加以反对。他常常微笑着,有时是大笑着来回答,用才思横溢而又坚毅刚强的目光回应这次采访。

文中,法拉奇的采访尖锐辛辣、锋芒毕露,邓小平坦诚应对、睿智隽永。他们二人在言语中充满了率直的性情,深刻的思想,而这次访谈更成为世纪的对话。

(李丹丹)

三问焦三牛
——一个清华毕业生的人生选择 姜洁

　　"1989年出生,2011年7月工作,2012年1月副县,牛呀!"前不久,当刚工作半年的清华大学毕业生焦三牛的名字出现在甘肃武威市公选的副县级领导公示名单上时,立刻引起社会广泛关注,也引来一些质疑的声音。日前,记者专赴武威调查采访,还原事情的真相。

　　初春的甘肃武威乡村,大抵只有黄与白两种颜色:白色是尚未消融的积雪,除了主要的公路之外,许多道路仍被冰雪覆盖着;黄色是沿路光秃秃的荒山,以及以土坯结构为主的平房,似乎在倾诉着这里的贫困与落后。

　　在凉州区清水乡菖蒲村村委会矮旧的平房里,我们见到了已经成为"网络名人"的焦三牛:黝黑的皮肤,瘦高的个子,一件朴素的黑色羽绒服。如果不是戴了一副眼镜,他和普通的村民看上去似乎并没有两样。2011年7月,焦三牛作为甘肃省委组织部在清华大学选拔的14名选调生之一,来到了武威清水乡这块贫瘠的土地,成为一名普通的乡干部。在2011年底武威面向全国公开选拔(选聘)31名县级领导职位人选的过程中,他从报考市外事侨务办公室副主任的12名人选中脱颖而出,以各环节第一名的成绩成为最终被公示任命人选,却也引起了多方的关注与质疑:堂堂清华大学高才生为何要跑到落后的甘肃去工作?是不是冲着副县级的待遇才去的?为什么他刚工作半年就可以参加副县级岗位的公选?23岁的年轻人能否胜任副县级的岗位?

　　当我们真正走近这个朴实的年轻人,走进他的精神家园时,这些疑问就都有了答案。

　　一问:清华毕业生为何主动去西部工作?

　　"到西部去,到基层去,到祖国最需要的地方去。"

"人们常常把责任心理解为是义务,是外部强加的东西。但是责任心这个词的本来意义是一件完全自觉的行动,是我对另一个生命表达出来或尚未表达出来的愿望的答复。'有责任'意味着有能力并准备对这些愿望给予回答。"——弗洛姆《爱的艺术》(摘自焦三牛网上个人空间)

"到西部去,到基层去,到祖国最需要的地方去"——这是一直悬挂在清华大学南北主干道上的横幅。然而,具体到焦三牛身上,要实现这句话,不仅要坦然面对周围人的怀疑,还面临着家人反对的巨大压力。

焦三牛所在的清华大学 2011 届英语系 72 班共有 24 名学生,其中 20 人选择了在国内名校或出国继续深造,1 人选择到重庆做选调生,另有 2 人留京工作,月薪过万。事实上,毕业时他已获得了留京的工作机会。但当他最终下定决心告诉父母去甘肃工作的消息后,父亲陷入了沉默,母亲则表示坚决反对。

当年,焦三牛不仅是山西新绛县的文科状元,更是全县十几年以来第一个考上清华的学生。"我能理解父母的想法,当初那么风风光光地考上清华,敲锣打鼓地把我送出去,原本指望我能留在北京出人头地,没想到我却跑到了比家乡更穷的西部农村,他们的确很难接受。"焦三牛坦言,到甘肃之初,母亲依然不能完全原谅他,连他的电话都不接。直到春节回家过年,一提起他去甘肃工作的事,母亲还忍不住一个劲儿地抹眼泪。

究竟是什么促使名校毕业生焦三牛做出去甘肃工作的决定?

"我在上小学和初中的时候,家里曾经有一段特别穷困的日子。在那段时间里我深切地感受到,贫穷并不可怕,可怕的是因此失去了改变贫穷的希望,抓不住改变贫穷的机遇。"2008 年,正在读大学的焦三牛曾随水利系的同学到甘肃武威参加一项节水宣传活动,在被当地自然风光深深吸引的同时,他也感受到西部与中东部地区贫富差距的鸿沟:"青壮年大都外出务工,村里都剩下老弱病残;生态不断恶化,农业经济缺乏竞争力,如果没有人来支援西部,西部改变贫穷的希望将会越来越渺茫,我感觉自己有义不容辞的责任。"

焦三牛的父母都是年过六旬的农民,两个哥哥也是靠卖饼维持生计,家境至今并不富裕。在一般人看来,对"贫穷"有着深刻认识的焦三牛的当务之急应该是"穷则独善其身"。而焦三牛却宁愿选择"兼济天下",把自己融入让西部更多的人早日脱贫的时代洪流中,贡献自己的一分力量。

二问：到基层去是为"镀金"？

"褪去理想的热度，直面现实干事创业。"

"我还年轻，我渴望上路。带着最初的激情，追寻着最初的梦想，感受着最初的体验，我们上路吧。"——凯鲁亚克《在路上》（摘自焦三牛网上个人空间）

从焦三牛这段写在个人博客上的文字，颇能看出他初到武威工作时充沛的热情。比焦三牛早一年到武威的清华选调生康石清楚地记得，2011 年的选调生在省委组织部培训完之后，离下乡正式工作还有一个月的空当。其他人都选择回家，只有焦三牛留在了武威，主动要求提前开始工作，于是组织上就把他安排到了康石当时工作所在的凉州区武南镇见习。

一个月后，焦三牛被分配到了清水乡政府工作，同时还负责联系菖蒲村的工作。清水乡党委书记李晓燕还记得，为了让焦三牛尽快进入工作角色，最初安排他在项目办工作，如武威市城乡融合发展核心区总体规划清水乡实施方案等，都交给了这个初出茅庐的小伙子。

"其实许多交办给焦三牛的工作，他都并不是特别了解，但他从来没抱怨过，总是虚心向周围人求教，圆满完成领导交办的任务。"和焦三牛一批到武威工作的清华大学选调生蔡程程举了个例子："我是学法律的，有一次乡里让三牛起草一个乡村公路建设的合同，他就打电话让我帮忙修改，我们在电话里沟通了好久，直到凌晨一点他才放下电话。"

新奇和兴奋过后，热情逐渐褪去，焦三牛在工作中也开始遇到问题和困难，并且不断地思索着。他在个人空间里写下了这样的文字："城镇化之后的乡村文明该怎样向现代文明过渡？文明的连贯性、多样性该得到怎样的展现？党的理论在新形势下该怎样重构社会成员的伦理、道德体系？"

为了更好地解决这些问题，每逢周末他就骑着自行车到村里转悠，一边帮村民收土豆，一边和他们拉家常了解民情。他还组织乡里 9 名刚参加工作的大学生成立了政策信息搜集整理小组，利用工作闲暇时间从国家部委官方网站、省市政府网站等处获取对西部特别是武威发展有利的政策，为乡党委政府决策提供政策支撑。

"和三牛相处，大家从来没觉得他以清华毕业生自居、高高在上，连村里负责卫生的老郭头都夸他打扫卫生最认真。"2011 年到菖蒲村任大学生村官的王宗敏感慨，"但他做的事又让大家感到，清华毕业生的能力的确高出一筹，不服不行！"

三问：考上副县级干部有特殊原因？

抓住机遇在公选中脱颖而出。

"不仅是为了争取一种光荣，更是为了追求一种境界。目标实现了，是光荣；目标实现不了，人生也会因这一路风雨跋涉变得丰富而充实；在我看来，这就是不虚此生。"——汪国真《我喜欢出发》（摘自焦三牛网上个人空间）

"网上有人质疑，我是冲着副县级的岗位才来武威的。事实上，我们当初来的时候根本没想到武威会搞公选。我们只是碰到了这个机遇，正好又抓住了。"焦三牛告诉记者，他报考市外事侨务办副主任的时候，只是抱着试试看的态度，他对自己最终能考上也感觉有点意外。

而武威市有关领导对于这次公选介绍了更多深层次的背景：近年来，武威的GDP和财政收入在全省一直位列倒数，人才严重匮乏。2010年，全市800多名县级干部中，具有全日制大学本科以上学历的136人，仅占16.2％。2000年以来，全市考入全日制本科院校学生56 031人，回武威的只有5 573人，不到10％。

2010年，武威曾面向全国公开选聘11名工业园区领导职位，方案规定按10∶1选任，但报名的只有20人，资格审查后符合条件的仅12人，最终选聘的5名人选里还有1人放弃了任职。为了避免重蹈前一年的覆辙，2011年该市在面向全国公选时适当放宽了报考资格和条件，规定"211"大学毕业、在武威工作2年以上和清华大学毕业、在武威工作的可直接报考副县级领导职位。而之所以"优待"清华大学，是因为甘肃与清华签订了战略合作框架协议，自2010年以来分两批引进了21名选调生，其中有7名在武威工作。

"我们只是放低了报考的门槛，但并没有说来武威工作的清华毕业生就一定能成为副县级干部。"这名负责人解释，"这次公选中，这7名清华毕业生都报考了，但最后有3名没考上，而考上这4位都是通过了资格审查、知识测试、面试、差额考察、差额推荐、差额票决六个环节最终脱颖而出的，在这些环节他们和来自全国各地其他符合报考资格的报名者是站在同一起跑线上的，不存在任何照顾。他们能考得上，是用实力证明了自己。"

据武威市委组织部介绍，这次报考市外事侨务办副主任职位的共12人，经过资格审查，符合条件并参加知识测试的10人。焦三牛的知识测试成绩71.67分，在该职位列第一；面试成绩91.64分，在该职位列第一；按照知识测试成绩、面试成绩分别按 40%、60%的比例折算,他的综合成绩 83.65 分,仍列第一;该职位共差额考察 3 人,考察组排序焦三牛列第一;市委全委会差额推荐,该职位有效票 49 票,焦三牛得了 48 票,列第一;市委常委会差额票决,实到常委 8 人,焦三牛得票 8 张。由此可见,焦三牛的选拔过程严格遵循了公选方案的程序和条件。

武威市工信委纪委书记祁成源是市外事侨务办副主任人选的考察组组长。他解释了为何将焦三牛在差额考察中列在第一位:"武威公务员中懂外语的太少,近两年来武威洽谈的外商外企增多,每次都要花高薪从外地聘请翻译。考察的 3 个人选中,焦三牛通过了国家英语专业八级考试,是英语水平最高的一个;从综合素质看,他虽然只参加工作不到半年,但工作态度、责任心、对群众感情方面都比另外两位更优秀,在交谈中我感觉他的语言表达能力也更强。"

由于不了解真实情况,社会上对焦三牛的拟任有一些质疑。对此,焦三牛抱着一颗平常心:"尽管我对自己能胜任新的岗位充满了信心,但我认为有质疑也是可以理解的,不论最终结果如何,我都会踏踏实实在岗位上干好每一项工作,在实践中不断提升自我。"

(《人民日报》,2012 年 2 月 13 日)

 **作品赏析:**

年仅 23 岁的清华大学毕业生焦三牛为何能当上副县级领导?这个问题在一段时间内引发社会热议。人民日报记者姜洁深入基层调查采访,全面还原了"焦三牛事件"真相。《三问焦三牛——一个清华毕业生的人生选择》塑造了一个朝气蓬勃、满腔热血、扎根西部的青年人物形象,传递了正能量,引起强烈的社会反响。

三问三答 · 还原事件客观真相。 本文以刚工作半年的清华大学毕业生焦三牛为何能当上副县级领导这一问题为引线,通过主动设置并客观回答三个社会关注的问题——清华毕业生为何主动去西部工作?到基层去是为"镀金"?考上副县级干部有特殊原因?全面还原了"焦三牛事件"的真相。"如果没有人来支援西部,西部改变贫穷的希望将会越来越渺茫,我感觉自己有义不容辞的责任。"朴实的回答,让人感受到这个青年强烈的责任心和使命感。对"贫穷"有着深刻认识的焦三牛并没有"穷则独善其身",而是选择"兼济天下",为西部贡献自己的一分力量。作者三问三答理清全文逻辑顺序,给读者层层递进的阅读享受。

材料翔实，塑造人物立体形象。 文中对新闻背景的挖掘和描述紧扣主题，全面阐释"焦三牛事件"的前因后果。作者除了与焦三牛本人进行充分交流外，还先后与甘肃省委组织部、武威市委有关领导座谈，并采访焦三牛参加公选的面试考官、考察组负责人、与焦三牛同去武威的选调生、焦三牛的同事及普通群众等20多位相关人员，搜集到丰富的资料，全面立体地塑造焦三牛的真实形象。"和三牛相处，大家从来没觉得他以清华毕业生自居、高高在上，连村里负责卫生的老郭头都夸他打扫卫生最认真。"同事的话语从侧面表现出焦三牛踏实肯干的精神。

价值突出，传递社会正能量。 通讯稿塑造了一个有血有肉、乐于奉献、真实而又平凡的焦三牛，旨在向全社会宣传"焦三牛们"的事迹和精神，倡导青年人向基层靠拢，从基层做起，扎扎实实做事，认认真真做人。文中每部分开头都摘录焦三牛个人博客中引用的名言，让读者走进他的内心世界。"我还年轻，我渴望上路。""目标实现了，是光荣；目标实现不了，人生也会因这一路风雨跋涉变得丰富而充实；在我看来，这就是不虚此生。"这些都是焦三牛人生态度的真实写照。本文将新一代青年人的闪光点真实呈现在广大读者面前，升华了主题，为社会传递了正能量。

从一个个"焦三牛"似的青年人，到一批批无私奉献的志愿者，再到西部支教毕业生群体，这是当代中国青年努力的方向。到基层和人民中去建功立业，让青春之花绽放在祖国最需要的地方。"带着最初的激情，追寻着最初的梦想，感受着最初的体验，我们上路吧。"

（乌韦）

老红军和他的三个兵 杜树人

12月3日,记者来到家居鞍山军分区干休所的老红军余新元家。走进客厅,一幅雷锋的照片出现在眼前,雷锋的嘴角挂着微笑,像在和我们打招呼。"我就是余新元!"犹如洪钟响过,一双大手捂住了记者的手。落座后,记者同余老像多年未见的老朋友一样,亲热地唠了起来。

"送"自己去当兵

余老先是轻描淡写地谈了自己当兵后的76年。

"1936年10月,红军来到会宁,会宁离我家不远。毛主席也来了,他讲话我去听过,好多话我没大听懂,但他说红军是咱穷人的队伍,这句话我听懂了。所以,我把放羊的鞭子一扔,当了兵。那时,我差一个月满13岁。

"我参加过大小500余次战斗。黄土岭战役,左腿被敌人机枪打成了马蜂窝,是白求恩主刀保住了我的腿;狼牙山反扫荡中,我与'狼牙山五壮士'同在一个团,受伤后昏迷了200多天;百团大战中,我的屁股上被炮弹炸出7个眼儿……

"我是1981年离休的,最后一站是鞍山军分区副政委。退休30多年来就干了一件事儿——宣传雷锋。你看,我的聘书,一铁箱子都装不下。我是全国146所大中小学校的校外辅导员,还是多家单位的党课教员和顾问。30年间,我做雷锋专题报告、上党课4 000多场,听众差不多有400万人……"

送雷锋去当兵

接着,余老流着眼泪谈了送雷锋当兵的经过。

"1959年底雷锋报名参军,当时我是辽阳市武装部政委。雷锋身高和体重都差一点点,评议时被拿了下来。我问小雷子,你现在拿38元8角5分工资,不是挣得挺多吗?雷锋回答说,我报名参军是想到前方打仗。听了雷锋的话,我一连叫了几声好。后来,雷锋搬到我家来住,一住就是58天。有一天改善伙食吃菜包子,我问雷锋,你当兵爸妈同意吗?雷锋把刚咬了两口的菜包子放下了,眼里全是泪水。雷锋是最后一个穿上军装的,那天他可高兴了。他对我和老伴说,首长,让我叫你一声爸爸吧!阿姨,让我叫你一声妈妈吧!走那天,我老伴给他买了背心、裤衩儿、毛巾,一直把他送到车站,嘱咐说,'小雷子啊,阿姨希望你到部队好好干,当毛主席的好战士。'

"雷锋牺牲的消息我是在《前进报》上看到的。我老伴把报纸递给我,流着泪说:'咱那儿子走了!'想到雷锋和我们全家相处的日子,想到雷锋经历的那些往事,我们全家人都哭了,连中午饭都没吃……"

送郭明义去当兵

再接着,余老笑着谈起了送郭明义当兵的经过。

"1976年底,有一天,郭明义的父亲来到我这,没进门就喊:'老政委啊,我来找你来啦!'见到他,我就乐了。我说,啥事啊?他爸说:我今天来没别的事儿,就是送我儿子郭明义当兵。我问,检查上了吗?他爸说,检查上啦!我说:检查上了不就行了嘛!他爸摇着头说:不行不行,今年检查上的可多了,听说走得少,反正你得让我儿子走上!我说:你怎么跟当年雷锋一样的调,还赖上我了是不是。我拿起电话,打给军分区动员科科长车文普,问了一下郭明义的情况。小车说,郭明义体检、政审都过关了。我说,郭明义他爸、他叔是鞍钢工人出身,郭明义是个好苗子,部队需要这样的。

"新兵出发时,郭明义代表全体新兵发言。郭明义精瘦精瘦的,说话倒很有力量:'我们要向雷锋学习,做毛主席的好战士!'前些日子,郭明义到我家来,我对他说,当雷锋传人,不能当带引号的。你说我说得对不对?郭明义说,对!对!"

送老儿子去当兵

最后,余老神情严肃地又谈起了老儿子余锦旗。

"孩子们对自己要求都挺严,从不干越格的事儿,大格小格都不越。老儿子余锦旗1978年当兵。到部队后他给我写信,让我找人调动调动。我回信写了11页纸,我说你别埋怨老爹对你要求严,你不要和别人比,要和雷锋比。老儿子看我不开口,就闷着头干了下去。这小子干得还行,入伍一年多就被评为军区装甲兵优秀共青团员,入伍第二年就入了党,还当上了班长。1981年年底,老儿子退伍回来被分到鞍钢最北的选矿场当工人。后来,公安局选警察,他被选中了。老儿子对我说:'老爹,我最后一次求你,找人说句话,让我进一个条件好一点的公安分局。'我摇摇头。结果，老儿子被分到鞍山郊区一个分局，当上了一名侦查员。你知道干这行很危险，我天天担心。老儿子干得挺出色，被评为全国优秀人民警察、鞍山市劳动模范、辽宁省优秀青年卫士等等，荣誉标兵也是一大堆！"

告别余老时，余老和记者来了个拥抱。他把脸贴在我的脸上，紧紧地、紧紧地，一股暖流涌遍我的全身……

（《辽宁日报》，2012 年 12 月 15 日）

作品赏析：

本文讲述了老红军余新元与他送雷锋、郭明义、儿子去当兵的感人故事。文章展现了余老作为老红军，所秉承的浩然正气、心系国家的真挚感情。作者以鲜活简洁的叙事风格，质朴生动的语言描述，形象立体的画面描摹，诠释出老红军的使命、新军人的承扬，让读者为之震撼。

标题点睛，导语形象生动。 "老红军和他的三个兵"，题目点明了故事的主人公，让人想要了解老红军是谁，他和三个兵之间又有怎样的故事，为下文人物的出场埋下了伏笔。本文导语犹如一个长镜头，让人们随着记者的视线，捕捉主人公的一言一行。"'我就是余新元！'犹如洪钟响过，一双大手捂住了记者的手。"洪钟般的声音，一双大手，余新元的形象透过这两个简短的描述就出现在眼前，表现出了一个老红军矍铄的精神和热情爽朗的性格。

三次"送兵"，串联军旅生涯。 围绕着作品的情节设置，《老红军和他的三个兵》可谓匠心独运，将四位典型人物串联聚合，"'送'自己去当兵""送雷锋去当兵""送郭明义去当兵""送老儿子去当兵"传递强大的时代正能量。四位军人，每人一节，以他们每个人的当兵经历为线进行串联。余新元"轻描淡写"回忆自己当兵参战的光辉历史，"流着眼泪"追思雷锋的战斗精神，"笑着谈起"郭明义无私奉献的崇高灵魂，"神情严肃"谈起儿子作风优良的先进事迹。四个人的故事，串联起近一个时代的军旅生涯。三次"送兵"，更让我们感叹一代代铁骨硬汉保家卫国的崇高品质。

细节描写，勾勒鲜活人物。 作者借用老红军余新元的话，穿插了细致入微的描写。如"我把放羊的鞭子一扔，当了兵"将老红军参军的决心表现得生脆坚决。"听了雷锋的话，我一连叫了几声好""雷锋把刚咬了两口的菜包子放下了，眼里全是泪水"，通过对人物动作的抓取讲述，生动再现了老红军对雷锋参军的支持以及雷锋内心的波动。文章结尾,"他把脸贴在我的脸上,紧紧地、紧紧地,一股暖流涌遍我的全身……"作者反复使用"紧紧地"三个字,将老红军的情态展现得淋漓尽致,不禁让人心头为之动容。在巧妙建构的话语场景中,作者通过这些细节描写给予读者如见其人、如闻其声、如临其境之感。

(李亚楠)

模范男孩:我是女人 迪文

2014 年 5 月底,笔者第一次见到刘霆。

开门的却是一个文静瘦弱的"女孩",白色 T 恤,一条墨绿色的长裙。齐耳短发,清秀的脸上戴着一副无框眼镜。她不时地用左手理着自己的头发,笑起来脸上有两个酒窝。

这是刘霆另一个鲜为人知的身份:易性病人。

易性病是一种性别认同障碍,易性病患者认定自己应有的性别与现有的性别身份相违背。

刘霆说:我是女人,我要变性。

刘霆和母亲住在一间 30 多平方米的房子里。狭小的空间除了两张床、一张书桌和一个衣柜,再也摆不下任何东西。

在刘霆的记忆中,童年安静而忧伤。他喜欢看琼瑶的电视剧,时常幻想自己是剧中的女主角,来一场轰轰烈烈的爱情。有一次,刘霆涂了口红跑到父母面前炫耀,却遭到一顿痛斥,口红也被父母用毛巾擦掉了。那一年,刘霆 5 岁。

1999 年,刘霆 13 岁时,母亲查出患有尿毒症,幸福的家庭从此破碎。全家欠下 4 万多元债务,父亲下岗后离家出走,母亲搬到了娘家寄居养病。每个周末,刘霆都会到母亲身边,熬药、聊天,像女儿一样陪在母亲身边。

此时的刘霆,暗恋上了班上一名男生。这名男生符合了少女们对男生的幻想——班干部、成绩优秀、讲义气。刘霆将自己的"初恋"偷偷告诉了母亲,并表达了将来想做变性手术的想法。母亲大为吃惊,极力反对:"就算你做了手术,男人也会觉得恶心,不会喜欢你的。"

母亲的话给了刘霆当头一棒,让他觉得心理压力很大,甚至想过自杀。但一想到母亲的病还需要照顾,他最终妥协了。然而,"我是女人"的想法不但没有停止,反而更加强烈了。

2005 年 8 月,浙江农林大学招生办接到了一个电话。"请问学校有大一点的宿舍吗? 可以让我和妈妈一起住?"

乖巧细腻的声音,瞬时让招生办老师"心领神会":"你妈妈是想陪读照顾你吗?""不!"长长的停顿之后,电话那头的声音有些哽咽:"我妈妈得了尿毒症,随时可能有生命危险。我想带着妈妈上学!"

刘霆背母上学的事迹被媒体广泛报道后,社会爱心人士纷纷伸出援助之手,捐款为其母亲治病。

2006 年 1 月 22 日,母亲接受了换肾手术,病情得到了缓解。刘霆第一次以孝子的身份面向社会,站在了聚光灯下。随之而来的是一个又一个的奖项,一场又一场的颁奖礼。

2007 年 9 月 20 日,刘霆前往北京参加全国"道德模范"颁奖大会。他是浙江省唯一的获奖代表,同时也是全国唯一的在校学生获奖者。陪他一同前往北京的工作人员特意为他添置了一身新衣:一件男士衬衫、一条男士西裤。这是刘霆 22 年来第一次改变中性打扮,穿上正式的男装。

当刘霆从颁奖嘉宾的手中接过沉甸甸的奖状,他不断地告诉自己:所有人都在看着你,刘霆,今天你一定要像个真正的男孩那样站在这里!

然而在回杭州的飞机上,刘霆却哭了。别人以为他的泪水是激动、是对坎坷命运的感慨,没有人知道这一刻他内心的挣扎:做一个"美丽姑娘"的梦想也许再也无法实现了。未来,他必须成为众人眼中的"模范男孩"。

回到湖州,刘霆在湖州的礼堂做了人生中的第一场道德演讲。演讲完毕,几个孩子围住了他,对他说:"哥哥,你真棒! 我们要向你学习,长大后也要成为像你一样的人!"

孩子们的话语让刘霆无言以对:是的,他是哥哥,是他们的榜样。如果自己变成女性,他们还会以这么期待的眼光来看待"她",还会将"她"当成心中的榜样吗?

接下来的日子里,刘霆开始尝试做一个真正的男生:剪短了头发,刻意把自己晒黑,学习男生走路,和男生混在一起……可是,一切都没有真正改变,甚至于毕业之后,由于游离在两性之间,刘霆换过两份工作,最终还是离职了。

回到家中,刘霆慢慢地淡出了公众视野。他一边照顾母亲,一边完成了 21 万字的自传——《我们会好的》。在自传完成的那一刻,刘霆哭了。他终于有了答案:

与其过着这样被别人看不起的生活，还不如干脆变性，做回自己。

一天晚上，刘霆在母亲面前失控了："妈妈，我真的很痛苦，如果不是因为你，我真的想结束生命！"

孩子的痛苦，深深地刺痛了母亲的心。母亲开始在网上搜集各种资料，试图从科学的角度解释发生在儿子身上的现象。她了解到儿子患的是"易性病"，先天性患者居多。1995 年，著名舞蹈家金星就通过变性手术成为女人。

2013 年 12 月 12 日，在母亲的陪同下，刘霆来到上海某家医院，进行了心理咨询。医生建议刘霆穿女性衣服，以女性的身份生活，这样有利于现阶段的心理健康。医生还嘱咐母子二人，如果选择变性，越快越好。

走出医院的一刻，刘霆彻底释然了，他拉着母亲一路奔向车站。看着儿子脸上久违的自信，母亲积压在内心多年的心结也渐渐解开。

曾有人问刘霆："你是不是被媒体包装出来的模范？"刘霆觉得，他曾经是全国模范，他也可以是女人——模范与性别无关。

在自传结尾，刘霆把名字改成了"刘婷"。他希望自传能够发表，更希望有好心人能帮助他变成真正的女人。

（《南方周末》,2014 年 6 月 6 日）

🌸 作品赏析：

本文没有高屋建瓴、纵横历史之势，却从一位易性病人、道德模范的视角铺陈开来，以小见大，于细微处把握时代脉搏，拷问社会现状。新闻评论既是一种写作形式，也是一种社会存在。正如本文，就以"变性"来探寻社会的成熟度，以"道德模范"来展现时代变迁。

"易性病人"，考验社会的成熟。刘霆不是第一个变性的易性病患者，也不会是最后一个。母亲对刘霆易性态度的变化，映射了社会对"变性群体"的舆论发展。从母亲最初的"大为吃惊，极力反对"，到后来开始搜集各种资料，"试图从科学的角度解释发生在儿子身上的现象"，反映了社会对"变性群体"从千夫所指、极尽贬斥到理性思考、科学解释，再到理解尊重、宽容接纳的态度转变。这些改变也正是一个成熟社会的写照。"变性群体"不再被置于舆论的风口浪尖，不再被放于社会公众面前进行集体议论，更不会被框定到"道德败坏"之列。正如本文没有新闻评论一贯的针砭时弊、尖锐讽刺，而是用娓娓道来的温和语调叙述这一事件。成熟的社会应该是多元的、开放的,能够给予人民民主、人性、丰富多彩的生活状态。

　　"道德模范",追寻真实的自我。 刘霆不仅是一位公开要变性的易性病患者,更是一位受到全国表彰的道德模范。他害怕未来"必须成为众人眼中的'模范男孩'",疑惑"如果自己变成女性",那些视他为偶像的人,"还会将'她'当成心中的榜样吗"。社会大众对道德模范的期许,如同一个个标签,紧紧贴在了刘霆身上,让他"开始尝试做一个真正的男生"。改变自我的痛苦,让他不惜打破大众的期许、舆论的枷锁,"做回自己"。在医生的合理建议后,刘霆彻底释然,他是那么自信与坦然,心中抑制不住喜悦,"拉着母亲一路奔向车站"。刘霆的"变性"没有让他的担忧成为现实,社会大众并没有用"道德"去绑架他,而是以理解、尊重的态度去包容他、帮助他,让他对未来充满希望。

　　新闻从头到尾没有做出任何评论,只是用事实描述出一个易性病患者内心的挣扎与煎熬、无奈与纠结。这便是一篇有情有义的新闻评论,语言平铺直叙,字里行间透露出宽容与尊重,彰显着人性的关怀与温暖。

(李营菊)

热心夫妇：半夜挨家挨户敲门，救下 500 多名游客

栗凤瑶　冯硕

他们第一时间发现洪水来袭，却是最后一个撤离

他们挽救了 500 多条生命，但现在只想感谢别人

获救游客返回灾区，只想抱抱救命恩人

在拒马河畔的涞水县三坡镇刘家河村，分布着大大小小的旅馆、饭店百余家，百里峡客栈就是其中之一。在这次洪灾中，客栈主人王玉平、刘庆花夫妇第一时间发现洪水，但为了挽救 500 多名游客的生命，他们变得一无所有。7 月 26 日上午，记者来到了王玉平的"家"，跟随夫妇二人回到了那个难忘之夜。

一声"快跑"打破平静的夜

记者来到位于拒马河畔刘家河村的百里峡客栈时，看到满地都是半米深的淤泥，不远处还有一片洪水过后留下的废墟。废墟的东北角上有两间平房，屋门口堆满了冲出的衣物。屋外原本热闹的大排档已经化为平地，淤泥中的树枝、木板等依稀可见。

刘庆花今年 54 岁，她从小在拒马河畔长大，多年前就听父亲说过，如果看到山上流水了，那就是河水要上涨。自 21 日上午接到防汛通知，直到夜里 24 时，村民和游客都已安然入睡，刘庆花一直在家门口的河边看着远处的群山，观察着河水的涨势。快到 22 日凌晨 1 时了，刘庆花突然看到山上有水流下来，又听到远处有呜呜的水声，"不会是洪水真的来了吧！"刘庆花没有多想，赶忙回屋叫丈夫王玉平一起出来。当夫妇二人一起出屋的时候，院子里已经进了洪水。他们本能地想回屋带走一万多元现金，但是又不约而同地转身向周围的旅馆跑去。

"洪水来了！快走！快走！""来水了！大家都往山上跑！"平静的黑夜，一瞬间

被夫妇二人的喊声打破。

此时此刻,附近500多名游客正在熟睡,叫醒他们谈何容易。王玉平和刘庆花二人就挨家挨户敲门、敲窗、大喊。就在这时,洪水已经没过了他们的脚踝。不一会儿,游客们都在王玉平和刘庆花的催促下,慌乱地往楼下跑。这时,王玉平往返十余次引导着大家往后面地势高的山坡上跑,刘庆花指挥着几名司机将十多辆汽车开出去。就当最后一位司机去开车时,刘庆花看到后面的洪水涨势越来越快,便一把将司机拽到高处。等他们再回头时,汽车已被洪水冲走了。就是这一拽,刘庆花救了那位司机一命。

夫妇俩是所有游客的救命恩人

眼看着500多名游客都向后山方向撤离,王玉平和刘庆花才放下心来,二人互相搀扶着随大家向后山走去。此时的夫妇二人,已经浑身无力,再也说不出一句话了。回头看看,家已经没了。

后山有一个在建工程的项目部,这里的工人石国柱、张国富看到走路踉踉跄跄的夫妇二人,赶忙走过去将他们背到了自己的宿舍。嗓子几乎要粘在一起的刘庆花,在这儿一下子喝了8杯水,才稍稍舒缓过来。就这样,一无所有的王玉平夫妇被工人们临时安排住在了这里。"多亏了这些工人们,他们救了我们俩的命,比亲人还亲啊!"刘庆花的眼睛里泛起了泪花。

随后,记者联系到了现在暂时回顺平老家的石国柱。他告诉记者,王玉平和刘庆花二人平日就对他们非常好,经常免费招待大家吃饭,还总是给他们生活用品。"关键时刻,他们不顾自己的生命和财产安全,第一时间撤离游客,可以说是所有人的救命恩人啊!"

好心人,只想抱抱你

22日中午,洪水已经相对稳定了许多,在山上滞留的游客开始陆续下山。他们一边下山,一边寻找王玉平和刘庆花的身影。

据香河春秋旅行社的导游巨女士介绍,当时他们旅行团的人是第一时间被刘庆花叫下楼的,所有人都非常关心刘庆花夫妇的安危。后来,下山后在街上突然看到了刘庆花,巨女士一下子跑过去,抱着刘庆花痛哭起来。"阿姨,我还以为再也看不到你了呢!"

记者了解到,同样寻找并感谢刘庆花夫妇的游客不在少数,很多人不知名不知姓,看到刘庆花就一下子抱了上去。还有人专门去找刘庆花合影,希望有机会再来这里看望他们。

看着游客们安全踏上了回家的路,王玉平和刘庆花二人终于松了一口气。然而看到被洪水冲走的家,他们也深深地叹了一口气。"只要人活着,什么都会有的!"说起灾后重建,他们充满了信心。

让夫妇二人没想到的是,被他们救下的那名司机,在离开景区的第二天,又驱车前来特意感谢他们,还送来了米、面、油等生活物资。刘庆花告诉记者,这两天通讯恢复了,经常会接到游客的电话,感谢他们的救命之恩,还表示等景区建好了,还会来这边游玩,还要住在他们家,吃他们亲手做的农家饭。

(《燕赵都市报》,2012 年 7 月 27 日)

 **作品赏析:**

本文是对河北保定涞水县的刘庆花和王玉平夫妇第一时间发现洪水,不顾个人财产安全和生命安危,拼尽全力挽救了 500 余名游客生命的事迹报道。

重视实际调查,掌握一手资料。 作者深入涞水县,调查当地的受灾情况,并访问获救的游客,得知刘庆花和王玉平的英雄事迹。经多方打听找到了夫妇二人的"家",听他们讲述了洪水来袭时惊险的一幕。正是他们"洪水来了! 快走! 快走!""来水了! 大家都往山上跑!"的呼喊声,惊醒了睡梦中的人们,让他们免遭一劫、死里逃生。通过实地调查,作者掌握了大量的一手资料。"满地都是半米深的淤泥""原本热闹的大排档已经化为平地",这些细节描写,让读者真切地感受到洪水肆虐后的灾情,使原本冰冷的新闻有了画面感,增强了文章的说服力和可读性。

善用表现手法,凸显人物个性。 文章开篇就将视角聚焦在洪水过后的房屋面前。"废墟的东北角上有两间平房,屋门口堆满了冲出的衣物""淤泥中的树枝、木板等依稀可见",这些残骸正是刘庆花夫妇昔日的"家"。这些环境描写,衬托出二人在大灾面前舍小家为大家的广阔胸怀。此外,文章将夫妇二人的冷静,"二人就挨家挨户敲门、敲窗、大喊"与游客们的紧张、害怕,"慌乱地往楼下跑"进行对比,突出他们在灾难面前的镇定自若、机智勇敢。不同于传统英雄形象的塑造,作者运用借物喻人、对比等手法,使夫妇二人的形象跃然纸上、立体生动、亲切可人。

语言描写生动,还原真实场景。 文章多处采用"讲故事"的方式,以平实的语言记述了夫妇二人舍己救人的全过程。如文章开始,"一声'快跑'打破平静的夜",一下就抓住了读者的眼球,让文章充满悬念。"阿姨,我还以为再也看不到你了呢",获救人员激动、真切的话语表达了他们对刘庆花的感激之情。文中还穿插了对夫妇二人平日帮助的工人石国柱的采访,"关键时刻,他们不顾自己的生命和财产安全,第一时间撤离游客,可以说是所有人的救命恩人啊"。这些平实的话语体现了夫妇二人助人为乐、舍己为人的品质,并从侧面揭示了他们在大灾面前有大爱的可贵精神。

(吕春晖)

英迪拉·甘地(节选) 〔意〕奥琳埃娜·法拉奇

　　这是一位不可思议的女人：她统治着近五亿人口,甚至打赢了一场遭到美国和中国反对的战争；她通过民主的方式夺取了总理的宝座,据说,没有人能把她赶下台去；人们认为她将继续担任二十年印度总理,甚至可以终身担任这个职务,因为她刚刚满五十岁。她毕竟是当代唯一真正的皇后,或者是否可以说,她是在一个缺少伟大人物的时代中少数几个伟大人物之一呢？请好好看一看那些掌握着世界命运的领导人,他们当中除了两三个人之外,都是些毫无光彩的平庸之辈。相比之下,英迪拉·甘地却是一匹战无不胜的骏马,她已经习惯了这种顺境。难道她从来没有经历过坎坷吗？

　　了解她是一件令人烦恼的事。企图用单一的色彩或仅仅从一个方面描绘她的性格是不能成功的,因为构成她性格的因素太多,而且各不相同。许多人不喜欢她,说她骄傲自大、玩世不恭、野心勃勃、冷酷无情,指责她思想上的近似主义、两面作风,且常常蛊惑人心。但也有许多人喜欢她,甚至爱上她,说她坚强、勇敢、慷慨和富有天才,赞扬她理智、公平、诚实。男人往往不喜欢她,喜欢她的多半是女人。事实上男人很难接受在印度流行的"她适合穿长裤"这句话。而女人不可能不由于她的巨大胜利而感到宽慰和扬眉吐气,因为这种胜利否定了任何为父权制和男人统治进行辩护的陈词滥调。孰是孰非？也许双方都有道理。就像历史上的某些大人物那样,即使在他们死后,对他们仍存在截然不同的评价。不管怎样,要统治一个国家,特别是要统治一个斗争如此激烈,如此复杂的名叫印度的国家,并不需要圣贤。不管亨利·基辛格怎样说(聪明不足以使人成为国家元首,对一个国家元首来说,必须具备的是魄力、是勇气、是狡黠和魄力),要统治像印度这样的国家,必须是聪明人。她的确不是一位圣人,因为她懂得享受人生的各种乐趣。但她是个聪明人,例如在我采访她时,她也表现了她的聪明,采访她要比了解她容易得多。这并不是因为约见她很简单，而是因为一旦她同意会见你，她就表现得出人意料地毫无傲气。不需别人的恳求，她便滔滔不绝地说起来。她甚至回答了那些她本来不可能回答或不应该回答的问题。在实在无法正面回答的情况下，为了回避问题，她只简单地对问题给予肯定或否定，就像神使传达深奥的圣旨那样，我指的是政治性的话题。对于个人问题她说起来倒是毫无拘束，什么也不隐瞒。她通过她那深情的、抑扬的、悦耳的声音把自己和盘托出。她的相貌也是动人的。她有一双淡褐色略带忧伤的、美丽的眼睛，脸上挂着一丝奇妙的、高深莫测的、能引起人们好奇的微笑。她那卷曲的黑发左侧，夹着一绺奇特的灰发，犹如一支银色的光束闪闪发亮。就是这一点，她也不与任何人相像。她身材苗条又矮小。她只穿印度妇女穿的莎丽服，外面套着西式的小毛衣。在她身上有许多西方的东西，虽然有时她看来遵循古训，但骤然间表现出来的却是现代思想。请注意她是怎样回答我有关宗教的问题：在一个世界上最信仰宗教的民族中当领袖，表示她不信神而信人是需要很大胆量的。

听她谈话时得记住她不是一位有着一般命运和身世的普通女人。首先她是贾瓦哈拉尔·尼赫鲁的女儿，后来又是圣雄甘地的信徒。这是两位敢于向英帝国挑战并使它开始衰落的传奇人物。她在他们的影响下成长起来，得到锤炼，并不断成熟。如果说今天尼赫鲁作为英迪拉的父亲被提及，那么，昨天英迪拉则是作为尼赫鲁的女儿为人所知；如果说今天甘地的名字与英迪拉的姓混淆不清（她使用的是丈夫的姓，而她的丈夫并不是甘地的亲戚），那么昨天英迪拉的名望部分还应归功于她姓甘地。无论昨天还是今天，她都是属于特殊情况下的特殊人物。尼赫鲁家族从事政治活动已有几代人。祖父是英迪拉所属的国大党的创建人之一。父母亲是该党执委会成员，还有她的姑妈名叫潘迪特·维贾雅·拉克希米。她是曾应邀主持联合国会议的唯一女人。英迪拉童年时不仅揪弄过圣雄的胡须，而且揪弄过所有创建印度的重要人物的胡须。争取独立的斗争是她亲眼看见的，警察深夜叩门逮捕人是生活的第一课。之后，再有客人来访，就由她打开门对他们说："很抱歉，家里没有人。爸爸、妈妈、爷爷、奶奶、姑姑都在监狱里。"也正因为如此，八岁时，她被送往瑞士读书。十三岁那年她重返印度，接着建立了一个小游击队员的组织，取名"猴子大队"。六千名孩子在她的领导下不仅当传令兵，有时还袭击英国军营。下面是当年尼赫鲁从监狱中给她的信："我的月亮，你还记得你曾深深地被圣女贞德所吸引，并希望自己能像她那样吗？在印度，我们正在创造圣女贞德时代的历史。我和你能生活在这个时代是很幸运的……"如今这类信件被编入两本教科书中。

她也坐过监狱，在那里待了十三个月，但根据特别法庭的判决，她本来应该服刑七年。她是跟她的丈夫一起进监狱的。她在牛津大学的萨默维尔学院上学时，加入了工党，结识了一位孟买的年轻律师，名叫费罗兹·甘地，他也是一个热衷于搞政治的人。一九四二年二月，他们在德里举行了婚礼。六个月后，英国当局以颠覆罪逮捕了他们。这是他们的婚姻产生麻烦的开始，当然也是不幸的开始。一九四七年尼赫鲁当上了总理，英迪拉实际上和她的失去配偶但身边又需要一个女人的父亲生活在一起。费罗兹·甘地始终没有接受她的这种选择，直到一九六〇年因心肌梗死而死去。但是他没有能说服她，据说这也是因为费罗兹向别的女人过分献殷勤而使她感到不满。十七年中，英迪拉更多地跟父亲在一起而不是跟丈夫在一起。人们称她为"印度第一夫人""民族的女儿"。她和她的父亲一起外出旅行，接见国家元首，召集会议。一九五六年她进入了国大党的执委会，一九五八年成为该党的主席。这以后，她把那些她自幼年起就尊敬他们的人物从党内清洗出去。一九六四年当尼赫鲁去世时，出现了不可避免地由她接替总理职务的局面。一九六六年选举时，她以三百五十五票赞成一百六十九票反对而获胜。一九七〇年选举时，她取得了更大的胜利。她的政治经历与果尔达·梅厄的政治经历有不少共同点，和果尔达一样也是通过参加政党活动而上台执政的。果尔达与英迪拉的共同点还不止这些。果尔达的婚姻也是不美满的：果尔达也是为了执政而牺牲了她所热爱的、并共同有过两个孩子的丈夫。她们的生活恰恰证实，一个有才能的女人既要实现事业上的抱负，又要保住家庭生活的幸福是多么的艰难。不仅是艰难，甚至达到不可能的可怜地步。荒唐的是妇女的这种艰难和所受到的不公平对待，恰好表现在其功名已达到金字塔塔顶的这两位女人身上。令人愤懑和痛苦的是，男人注定可以在不放弃家庭和爱情的情况下发挥自己的才能，而女人却不能。对女人来说，二者不可兼得，或者只能在悲剧中共存。

我在政府大厦她的办公室里见到英迪拉·甘地。这也是当年她父亲的办公室：一间宽敞、阴森、朴素的屋子。她长得又矮又小，坐在一张陈设简单的写字台后面。我进去时她迎着我站了起来，跟我握手，然后又重新坐下。没有任何开场白，只是凝视着我，好像对我说："快提第一个问题，别浪费时间，我可不能浪费时间。"开始时，她小心翼翼地回答问题，后来就像打开话匣子似的，谈话在互有好感的气氛中进行得很顺利。我们在一起谈了两个多小时。采访结束时,她和我一起走出办公室,一直把我送上了出租汽车。经过走廊和走下楼梯时,她一直挽着我的手臂,好像我是她的老相识似的。她一面跟我说这说那,一面漫不经心地回答着官员们对她的致意。那天她看来有点累,突然间我大声说:"归根结底我并不羡慕您,我不愿意处在您的位置上。"她说:"问题并不在于我有那些问题,而是在我的周围有那些白痴。"四十八小时以后,我发现采访中还有些遗漏,希望再见她。没有经过任何繁文缛节,我就到了她的家。这是一所简朴的小别墅,她与儿子拉吉夫和桑贾伊一起住在这里。英迪拉·甘地在家时比谁都平易近人。当她早晨接见那些找她请愿、抗议和向她献花的人时,你便能发现这一点。我按了门铃,她的秘书出来开门。我问她总理能否再赐予我半小时的时间,秘书回答说:"试试看。"于是她就进去了。当她出来时,英迪拉也一起走出来了。"请,请坐。咱们喝杯茶吧!"我们坐在面朝花园的起居室里又谈了一小时。除了回答我的问题外,她还告诉我,大儿子拉吉夫已跟一个意大利女人结婚,在印度航空公司当飞行员。二儿子桑贾伊是汽车设计师,还是个单身汉。最后她又叫来了正在草坪上玩耍的、皮肤黝黑的、漂亮的小男孩。她一边温柔地拥抱他,一边低声地说:"他是我的孙儿,是世界上我最爱的人。"看着这样一位强有力的女人拥抱一个小男孩,会使你产生一种奇特的感觉,也就是上面曾经讲过的那种不公平。这就是使一个致力于维护自己命运的女人产生烦恼的孤独感。

(《风云人物采访记·续集》,新华出版社,1985年)

作品赏析:

法拉奇在她的记者生涯中,先后采访了三十多位世界风云人物,被誉为"世界政坛采访之母"。在采访中,法拉奇以记者的敏锐和作家的细腻展现出英迪拉这位印度第一女总理在工作中坚韧果敢、睿智机敏的一面和在生活中孤独艰辛、温柔博爱的一面。

细节描写,刻画特立独行新女性形象。作者通过细致而敏锐的观察,用寥寥数语就把自己亲眼所见、亲耳所闻,如英迪拉的相貌、身材、神态、气质、嗓音及装束等,以生动、流畅、富有表现力的文字鲜活地勾画出来:"她那深情的、抑扬的、悦耳的声音""淡褐色略带忧伤的、美丽的眼睛""夹着一绺奇特的灰发,犹如一支银色的光束闪闪发亮""只穿印度妇女穿的莎丽服,外面套着西式的小毛衣"。让读者透过英迪拉耳边的一缕灰发,可以看出她与众不同的个性;通过莎丽服外面套着的西式小毛衣,可以看出她遵循古训的外表下深藏着现代思想。这样的细节刻画将英迪拉特立独行、思想前卫的新女性形象凸显出来。

　　镜头切换,展现跌宕起伏的人生。作者通过截取英迪拉生活中的几个典型镜头,来展现她跌宕起伏的人生。她从对英迪拉的外貌描写入手,再将镜头切换到英迪拉的童年时期:她"不仅捋弄过圣雄的胡须,而且捋弄过所有创建印度的重要人物的胡须";她建立了一个由六千名孩子组成的"猴子大队",袭击过英国军营。然后,作者将镜头转向英迪拉的成年生活:她坐过监狱,为印度人民放弃自己的家庭生活,接替总理职务。最后,作者将镜头切换到采访时的画面,塑造了一个平易近人、温柔大方的"印度第一女总理"。这些场景与画面的组合,不仅大大增强了文章的立体感,也展现了英迪拉跌宕起伏的一生。她像一匹战无不胜的骏马,驰骋在人生的战场上。

　　法拉奇以敏锐和细腻的笔法,从工作到生活全方位地展现了英迪拉作为"印度第一夫人""民族的女儿"的形象。同时她还通过截取英迪拉人生中几个重要的片段,立体地呈现其跌宕起伏的人生,使读者读完之后,脑海中对英迪拉的形象久久不能忘却。

(周静)

我一刻也不松劲 〔美〕乔治·韦勒

"他们正在给他注入麻醉药。"这是下午他们在艇尾鱼雷舱发回的信息。

"他躺下了,他们准备给他开刀。"船员低语道。他们坐在床边,周围是鱼雷。

一个人走过来,把手轻轻放在正驾驶潜艇的人肩上。

"让她(指潜艇)稳点儿,杰克。"他说,"他们刚刚开了第一刀,现在正在那儿摸索它呢。"

"他们"是一小群神情焦急,手臂插进翻过面来的白色睡衣的人。除了眼睛流露的紧张神情外,棉纱绷带把他们的表情都盖住了。

"它"是在来自堪萨斯州肖托夸的迪安·雷克托身上急性发炎的阑尾。前一天,阑尾的刺痛使他无法忍受,那正是他在海上度过的第一个生日。他今年19岁。

水深测量仪就像工厂的计时钟,立在"圣诞树"旁。"圣诞树"是花花绿绿的仪器,它们计算出了海流量,测量仪标明了他们的位置,他们在海平面之下。他们的头上是敌人的水域,日本运输船和驱逐艇的螺旋桨发出轰鸣声,来回穿行着。

离他们最近、能够为这个19岁的水兵施行手术的海军外科医生在数千里之外,需要几天的航程。现在只有一个办法可以防止阑尾恶化,那就是船员们自己动手来为这位同伴开刀。

他们正是这么干的,他们自己为病人动手术。或许这是有案可稽、参加人数最多的一次手术。

"他说他已准备好碰碰运气。"艇上的水兵都在低语着。

"那伙计挺有人缘。"——大家都这么说。

他们"让他保持平稳"。

主刀医生是23岁的药剂师副手,穿着白领蓝色外套,戴着白色鸭舌帽。他叫惠勒·利普斯。来自弗吉尼亚州的纽卡斯尔,离罗阿诺克不远。他在圣迭哥海军医院修过医学课,此后又在费城的海军医院服役三年,他的妻子住在那儿。

作为实验室技师,利普斯的特长在于操作记录心脏跳动的仪器。他从事的是心电图描图员一类的工作。但他曾见过海军医生施行一两例阑尾手术,因此相信自己也能做。在海底,他获得了第一次做这类手术的机会。

但是使用作为麻醉剂的乙醚却成为很困难的事情。因为在海平面下,船内的压力高于空气压力。在这种高压下,更多的乙醚会被吸收。

他们不知道手术要延续多长时间。

他们不知道要花多少时间去找到阑尾。

他们不知道有没有足够的乙醚能使病人熬过整个手术。

他们不知道有没有比在军官餐厅的桌子上动手术更合适的办法。

"听着,迪安,以前我从未干过这样的活。"利普斯说,"不管怎么说,你并没有太多机会度过危险。你想说什么吗?"

"我知道这是怎么回事,大夫。"雷克托说,"让我们开始吧。"

对于利普斯来说,这是生命中第一次有人叫他"大夫"。这一句话使他对自己在海下担任的新职有了底,他感到自己平静多了。

当引擎控制舱的人员把反穿的睡衣拉紧,盖住他们伸长的手臂时,手术组的成员也把乙醚面具调整了一遍。工具摆放好了。作为一次重要手术,它们远不是完备和精妙的工具。比如,手术刀连柄也没有。

药箱里有足够的止血器,是一些用来夹血管的小钳子。药剂师就从这些止血器里"装配"出手术刀的刀柄。

他们在厨房找到了莫涅尔合金做的大汤匙。他们把它弯成合适的角度,这就有了牵开器。

消毒器? 他们取来一枚令人恐怖的铜色鱼雷放在管道旁。他们从中抽出酒精,当水烧开以后加入酒精就可以消毒了。

餐厅的灯光似乎也不够亮,而手术室总是要大灯的。因此他们把一盏用于夜间装货的大灯拿来,挂到餐厅倾斜的天花板上。

雷克托被剥掉了衣服,他的脸色苍白,平躺在餐厅的桌子上,头顶上是耀眼的灯光。躺在餐桌上的雷克托湿润了嘴唇,他盯着一边用滤茶器做成的面罩。

动手术的时刻来临了。

利普斯戴着橡胶手套的手指摸了近20分钟才找到阑尾。

最后，"大夫"伸直了手，拿起了穿好羊肠线的针。

海绵一块块拿了出来。汤匙一把把取出来，恢复成原来的模样，然后放回了厨房。最后，艇长用肘轻推利普斯，清点弯曲的汤匙。有一个不见了，利普斯最后一次把手伸进切口，把叉骨旁的汤匙拿了出来，然后合上了切口。

他们甚至有准备用来剪线头的工具。那是一把指甲剪，已经用沸水烫过并用酒精消毒。

这时候最后一罐乙醚用光了。他们抬起雷克托，然后把他送到查尔斯·米勒上尉的床上。这位来自宾夕法尼亚州威廉斯波特的上尉作为潜艇操纵军官在手术时独自驾驶着潜艇让它保持平稳。

最后一把汤匙取出后过了半小时，雷克托睁开了眼睛。他的第一句话是："我一刻也不松劲。"

（《新闻与正义——普利策新闻获奖作品集》，海南出版社，1998 年）

🌸 作品赏析：

《我一刻也不松劲》报道了在日军水域的一艘潜艇上，一位药剂师副手成功地为一个士兵做阑尾手术的故事。文章采用故事化的写作方法，再现了惊心动魄的手术过程；巧妙的倒叙结构，设置悬念，渲染出手术的紧张气氛。作者用轻松的笔调来叙述惊心动魄的手术过程，既减弱了手术气氛的紧张感，也彰显了士兵们患难与共、乐观向上的精神品质。

故事写作，还原惊心动魄的手术过程。 美国普利策新闻奖得主富兰克林认为，新闻故事化即"采用对话、描写和场景设置等，细致入微地展现事件中的情节和细节，实现事件中隐含的能够让人产生兴奋感、富有戏剧性的故事"。文章采用简洁、幽默的人物对话，如"他说他已准备好碰碰运气""那伙计挺有人缘""我一刻也不松劲"，展现出士兵们在"周围是鱼雷"的艰难环境下，仍保持着冷静、乐观的精神面貌。细腻入微的人物和环境描写是文章的又一亮点。一方面，战士们"神情焦急，手臂插进翻过面来的白色睡衣""头上是敌人的水域"，侧面烘托出手术环境的严酷，制造出紧张、焦灼的现场气氛；另一方面，"'圣诞树'是花花绿绿的仪器"，大汤匙"弯成合适的角度，这就有了牵开器"。作者采用轻松的笔调、幽默的语言展现手术设备的简陋。紧张的氛围与轻松的笔调交织作用，带给读者松紧起伏的情绪体验，使人读来酣畅淋漓。这个战争时期紧张、艰苦的手术，在作者故事化的写作手法下,构筑成一个精妙、生动,讲述战友之间患难与共的动人故事。

倒叙写作,渲染紧张焦灼的手术气氛。"'他们正在给他注入麻醉药。'这是下午他们在艇尾鱼雷舱发回的信息",文章开头便勾起读者的好奇心:为何会在舰尾鱼雷舱注入麻醉药?"他们刚刚开了第一刀,现在正在那儿摸索它呢。""它"又是什么?读者的疑惑如水中泛起的涟漪,一层层激荡开来。带着疑问,读者继续阅读。原来,"它"是迪安·雷克托身上急性发炎的阑尾,雷克托患了急性阑尾炎,需要立即在潜艇上进行手术。巧妙的倒叙设置,有效设置悬念,渲染出紧张的气氛,和下文"轻松"的笔调形成强烈对比。节奏松紧配合,如蒙太奇般的电影叙事镜头展现于眼前。文末雷克托的"我一刻也不松劲"点题,让读者压抑已久的情绪得到释放。

《我一刻也不松劲》堪称故事化新闻写作的代表作品。当然,我们也要警惕新闻故事化对新闻报道的不利因素,如新闻故事化存在使新闻流于浅薄的危险,刻意追求故事的情节而忽视了新闻的真实性和影响力等等。因此,要在新闻专业主义标准的基础上挖掘新闻的趣味性和故事性,还需要记者把握好这个"度"。

(黄琴)

吴晗和他的一家(节选)柏生

吴晗同志的沉冤终于昭雪了！然而吴晗同志和他一家人的悲惨遭遇,却给人们留下了难忘的历史教训。

在北京永定门外一座偏僻的普通居民楼里,我见到了吴晗的儿子吴彰。经过一场浩劫之后,他是这一家四口唯一幸存下来的人了。忆往事,小吴彰有多少话要说呵！

12年前,吴晗一家住在北长街一座清静、整洁的四合院里。著名史学家吴晗,就在这满载线装书的书斋里,写出了许许多多著作,包括给他带来杀身之祸的历史剧《海瑞罢官》。有谁能想到,一位在国民党黑暗统治时期深受青年敬重的民主战士,一代著名的学者,北京人民的副市长,中国共产党党员,却突然间变成了"反革命""黑帮"呢？

那时,吴晗一家四口,儿子吴彰,不满 8 岁,在景山小学一年级读书;女儿吴小彦,12 岁,在小学五年级读书。吴晗的爱人袁震,也是研究历史的,因身患多种疾病,一直在家养病,协助吴晗研究明史。有谁能想到,这样一个无辜善良的家庭,竟然在林彪、"四人帮"一伙无数次的查抄、威逼和凌辱中家破人亡！

深夜,一家四口常常被猛烈的砸门声惊醒。

吴晗经常被抓去到处游斗,每次回来时都是遍体鳞伤。

小吴彰一上学就被孩子们用石子砖块追打着,高声叫骂"小狗崽子"！吓得他和姐姐小彦躲在家里再不敢上学了。

盛夏的一天,天气酷热,吴晗被绑跪在烈日下的树边,滚烫的沙子从脖子边灌进内衣,一群身份不明的人打得他口吐鲜血。女儿小彦看到这情景,心如刀绞,一边哭一边扑到跪在地下的爸爸身上护着他。可是,弱小的女儿又怎能解除年迈父亲所受的巨大灾难呢?

吴晗每次挨打后,起先还有爱人袁震给他包伤、喂药,后来连袁震也被当作"反革命家属"关进了劳改队。

1968年春,吴晗又被林彪、"四人帮"的总"顾问"和那个"砸烂公检法"的人诬告为"叛徒""特务"逮捕入监。从此,两个可怜的孩子就再也没有见到过爸爸了。

妈妈呢? 多病的妈妈长期被关在劳改队潮湿的小浴室里,全身瘫痪了。13岁的吴小彦每天要骑车跑30多里①去料理妈妈,还要干分派给妈妈的活。直到1969年3月17日,才允许她和弟弟把妈妈接出去看病。

那是袁震被关进劳改队一年后,第一次回家。孩子们忙得没有顾上给她弄晚饭吃,是万里同志家给端来了一锅红豆稀饭,谁知这竟是孩子们和妈妈在一起吃的最后一顿晚餐。半夜,妈妈的喘声惊醒了孩子们,两个孩子慌忙中把妈妈抬到医院。可是,当时,谁敢去积极抢救"黑帮"的家属? 袁震的病情因延误而恶化了。3月18日清晨,袁震从昏迷中苏醒,她想喝口稀粥,小彰到处去找。还没等找来,医生通知说,妈妈已经死了。

小彦和小彰凄凉地肃立在太平间。有谁知道妈妈心中带着多少痛苦离开了人间呢! 再看妈妈一眼吧,呵,妈妈两眼半睁着,脸上闪着几大滴泪珠……

又是一个凄惨的秋天。1969年10月11日,忽然有人来敲吴家的门。来人说是接两个孩子去看他们的爸爸。孩子们的心中顿时升起了希望,高兴得不知如何是好。可是小彦却又担心:怎么对爸爸提起死去的妈妈呢?

姐弟俩怀着兴奋而又有些惶惑的心情,被领进一座医院的监护病房。一个专案组的人员对小彦说:"你爸爸今天早上死了,他临死前提出过想要见你们,可我们不知你们的住址。"

犹如晴天霹雳,吴小彦和吴彰先是惊呆了,接着大哭起来。这情景使在场的医生都心酸落泪了。他们再三要求看一看死去的爸爸。专案组人员却呵斥道:"你们的爸爸是个很坏很坏的人,如果你们不和他划清界限,没有你们的好处! ……这件事不许你们声张出去,不许告诉任何人,否则后果将由你们负责!"就这样,两个孩子被恫吓出来,根本没有看到爸爸的遗体。他们一路哭着回到家。爸爸的骨灰也

---

① 编者注:1里为500米。

不知下落。他们的一腔冤屈去向谁说呢？他们只能偷偷在内衣袖上戴上黑纱，以悼念自己心爱的爸爸。

从此，两个孤苦伶仃的孩子，开始了更加艰难的日子。举目无亲，家贫如洗。15岁的小彦，从小是个娇气的姑娘，现在虽然自己还是个孩子，却要担负起大人的生活重担，照料11岁的弟弟。有时候，她抑郁，生气，打了弟弟，就和小彰一起哭。在那黑云压城的日子里，因为他们是"黑帮"子女，很少有人敢和他们接近。姐弟俩饱尝了讥诮辱骂、拳打脚踢等种种难以忍受的滋味。

这种生活上的熬煎和精神上的折磨，终于使姐姐小彦再也支撑不住了。1973年6月，她患了精神分裂症。她想念爸爸、妈妈，总说他们没有死。她把妈妈的骨灰埋到北京西山八大处，每逢清明节都要去扫墓。她把一封封写给爸爸妈妈但再也无法投递的信，在墓前烧掉。她是这样的天真，以为这样就可以告慰屈死的爸爸和妈妈，使他们瞑目于九泉。她却不知道，新的迫害正在等待着她。

1975年秋，社会上刚刚出现一股"反击右倾翻案风"的逆流时，小彦因为和她的好友议论过"四人帮"，突然被非法抓进了公安局。这无理的囚禁和随之而来的折磨，使她神经更加错乱了。她哭闹，看守就打她。她的门牙被打掉了，头破了，头发撕乱了。她被送进精神病医院。监禁她的人甚至非法跑到医院去审讯她。

在医院一再要求下，吴小彦被暂时放回家养病，但是她终因被折磨得身心俱残，走投无路。在绝望中，于1976年9月23日又一次选择了死，选择了结束她年轻的生命！

那天，我去看吴彰，正好吴小彦生前的好友小李也在。小李今年虽然也不过26岁，但他一往情深地像小彦生前对待小彰一样，担负起照管吴彰的义务。他俩相依为伴，生活得很好，一个上大学，一个在工厂当工人。小李在努力自修英语，他也准备考学呢！床边的一张小桌上，放着小彦的骨灰盒和一座小彦梳着两条小辫的泥塑像。静静的房间里，我仿佛看到这三个孩子在一起谈笑的情景。小彰拿给我看一本大相册，相册中宋庆龄、康克清同志抱着童年时代小彦的照片，和吴晗一手搂着小彦一手搂着小彰的动人情景，又仿佛再现了当年吴晗和吴晗一家的幸福生活。

（《柏生新闻作品选》，新华出版社，1984年）

作品赏析：

做过《人民日报》总编辑的邓拓赠言柏生"万里云山如画，千秋笔墨惊天"。《吴晗和他的一家》以对吴晗小儿子吴彰的采访为线索，再现了吴晗一家在"文革"浩劫中的悲苦和凄惨。

一次时代的镌刻。 十年"文革"浩劫，历史的脓疮一直伴随着中华民族世代的追问：他们是怎样被冤枉的？他们究竟受到了怎样的非人虐待？他们的家庭成员当时怎样，后来怎样，现在又怎样了？后人或可以追随历史的痕迹得到一二，但只有最原始的采写才能拼凑出完整的答案。柏生对吴晗家人的采访，以人反映家庭，以家庭反映时代。柏生是从那个时代过来的人，她最能够理解那个时代，也最有资格表现那场浩劫。

一次情感的抒写。 内心无实感，笔下无真情，当然也不会打动读者。柏生说：写这一篇报道，"是含着泪写的"。记者不是脱离于人物之外，而是把自己交付于人物。也只有这样，人物才能把自己交付于记者。柏生言语间不刻意渲染亦不刻意脱离，而是顺着情感的流露张弛有度，或平静，或波澜，或惋惜，或控诉。

一次敏锐的记录。 女记者柏生有着敏锐细致的观察力和思考力。她善于抓住感人的材料和细节，挖掘深刻的内涵。柏生在文章的结尾写了吴彰和吴小彦生前好友相依为伴的生活，抓住桌子上"小彦的骨灰盒和一座小彦梳着两条小辫的泥塑像"两个细节，"静静的房间里，我仿佛看到这三个孩子在一起谈笑的情景"。浓烈的生活气息直指人心。伤痛不曾远去，时间不能倒流，这个家庭，要用多长的岁月，才能抚平这深入骨髓的创伤！

一次灵动的写作。 写一位著名民主战士、著名史学家、北京市原副市长吴晗的遭遇，可以说是千头万绪。柏生没有大量列举材料，而是展现出了大家所关心的、那些鲜为人知的故事。她从人的角度着手，写人情，以情采访，以情写作，让文章中的人物与自己融为一体。她把吴晗的小儿子吴彰作为中心，"文革"开始时他才8岁，而现在他是这个四口之家仅存的一个人了。这样的写作灵动精妙，有着直抵人心的力量。

这篇通讯描写深入、刻画细腻，至今读来，仍如一记闷雷，让人心中五味杂陈。文章描写的种种都是从那个时代走来的人所关心的，也是未经历过那场运动的新一代年轻人想要了解的历史。

（郭智卓）

血肉筑成的滇缅路（节选）萧乾

　　龙潞段上有位老人，年纪已快 60 了，带着儿孙三代，同来修路。放工时，老先生盘膝坐在岩石上，捋着苍白胡须，用汉话、白族话对路工演讲这条国防大道的重要，并引用历史上举国反抗暴力的事迹。他不吸水烟筒，但喜欢闻鼻烟。生活是那样苦，他却永远笑着。他是用一个老人的坚忍感动着后生。在动人的故事中，这是唯一不令人听完落泪的了。到了保山，我才知道连这位老头儿也为瘴气摄去了。临死，他还望了望那行将竣工的公路。清癯、满是皱纹的脸上，浮起一片安详的笑容。

　　沿途我访问了不下 20 位"监工"，且都是当日开天辟地的先驱者。追述起他们伙伴的惨剧时，时常忍不住淌下泪来。干活太疲倦，因昏晕而掼下江的；误踏到炮眼上，崩成粉末的。路面高出山脚那么多，许多人已死掉，监工还不知道，及至找另外的尸首时才发现。像去年 4 月 25 日，腊猛梅子菁发放工资时，因道狭人多，竟有路工被挤下江去。等第二天又有人跌下去时，才在岩石缝隙发现早先掉下去的。

　　残暴无情莫过于黑色炸药，它眼里没有壁立千仞的岩石，更何况万物之灵可不经一锤的人！像赵阿拴明明把炮眼打好，燃着。他背起火药箱，随了五个伙伴说说笑笑地往远处走了。火捻的延烧本足够他们走出半里地的，谁料他背着的火药箱装得太满了，那粉末像雪山蛇迹般尾随在他们背后。"轰"的一声，岩石炸裂了，他们惬意地笑了。就在这时候，火却迅速地沿了那蛇迹追踪过来，而且直触着了他背着的火药箱。在笑声中，赵阿拴同他的伙伴们被炸到空中，然后落下江心去了。

　　更不容埋没的是金塘子那对好夫妇。男的打炮眼，一天挣四毛，女的三毛，工作是替他背火药箱。规定每天打六个炮眼，刚好日落西山，双双回家。

　　有时候我们怪马戏班子太不为观众的神经设想，而滇缅路上打炮眼的工作情形如果为心灵脆弱的人看到，也会马上昏厥的！想在一片峭岩绝壁上硬凿出九米宽的坦道，那不是唾手可成的。打炮眼的人是用一根皮带由腰间系住，一端绑在崖脚的树干上。然后，人如桥上的竹篮那么垂挂下来。挂到路线上，便开始用锤斧凿眼。仰头，重岩叠嶂，上面是乔木丛草，下面江水沸锅那么滚滔着，翻着乳白色的浪花。人便这样烤鸭般悬在峭壁上。待一锤锤把炮眼打好，这才往里塞炸药。这并不是最新式的爆炸物，因而在安全上是毫无保障的。为了防止它突然爆炸，须再覆上一层沙土，这才好点燃。人要像猿猴般即刻矫健地攀到崖上。慢了一步，人便与岩石同休了。

那一天，这汉子手下也许特别勤快。打完六个炮眼，回头看看，日头距峰尖还老高的。金黄色的阳光晒在大龙竹和粗长的茅草上。山岚发淡褐色，景色异常温柔。而江面这时浮起一层薄雾，一切都在鼓励他工作下去。

"该歇手了吧！"背着火药箱的妇人在高处催着他。她本是个强壮女人，但最近时常觉得疲倦，一箱火药的重量可也不轻呢！

他啐了口唾沫，沉吟一阵。来，再打一个吧！

这"规定"外的一个炮眼表征什么呢？没有报偿，没有额外酬劳，甚而没人知道。这是一个纯朴的滇西农民，基于对祖国的赤诚而捧出的一份贡献。

但一个人的体力和神经的持久性毕竟有限，而自然规律原本无情，赤诚也不能改变物理因果。

这一回，他凿完了眼，塞完了药，却忘记敷上沙土。

轰的一声，没等这个好人爬远，爆炸了，人碎了。而更不幸的，火星触着女人的火药箱，女人也炸得倒在崖边了。

江水还浩荡滚流着，太阳这时是已没山了，峰尖烘起一片红光，艳于玫瑰，而淡于火。

妇人被担到十公里外工程分段的茅屋里，她居然还有点微息。血如江水般由她的胸脯肋缝间淌着，头发为血浸过，已凝成稍黏的饼子。

过好一阵，而且就在这妇人和世界永别的前一刹那，她用搭在胸脯上的手指了指腹部，声音嘶哑地说："救救——救救这小的。……"

随后，一个痉挛，这孕妇仅剩一缝的黑眼珠也翻过去了。

这时，天已黑了，滇西高原的风在旷古森林中呼啸着。江水依然翻着白浪，宛如用尖尖牙齿嚼啃着这悲哀的夜，宇宙的黑袍。

有一天你旅行也许要经过这条用血肉筑成的公路。你剥橘子糖果，你对美景吭歌，你可也别忘记听听车轮下面咯吱吱的声响。那是为这条公路捐躯者的白骨，是构成历史不可少的原料。

（《萧乾文萃》，东方出版社，2004 年）

作品赏析：

《血肉筑城的滇湎路》真实记录了滇缅公路建设过程中的惨烈景况，再现了在那个血与火的年代里，灾难深重的中华民族为了生存而付出的努力，谱写了一曲曲感人至深的民族悲歌。

微视角·折射滇缅人的大情怀。 作者采用微观的视角——从一位老人、二十几位"监工"、一对夫妇的故事出发展开叙述，让我们看到平凡的滇缅人为公路建设付出的血汗，为抗日战争的胜利做出的不可磨灭的贡献。"龙潞段上有位老人，年纪已快 60 了，带着儿孙三代，同来修路。"作者选择修路老人的微观视角，用"一个老人的坚忍感动着后生"的故事，折射出民间"鼓动家"的坚毅品质。二十几位"监工"的追述中，有"干活太疲倦，因昏晕而摔下江的"，有"误踏到炮眼上，崩成粉末的"……展现出路工们用生命修筑公路的高贵品质。金塘子那对好夫妇，男的打炮眼，"塞完了药，却忘记敷上沙土。轰的一声……爆炸了，人碎了"；怀孕的女人背火药箱，"火星触着女人的火药箱"，也炸得倒在崖边了。这些平凡的滇缅人用血肉筑成国际通道，保障了抗日战场上的物资正常供给，让读者为他们甘于奉献的大情怀所动容。

小细节·传递滇缅人的奉献精神。 文章通过大量的细节描写，凸显了筑路人为了民族生存而做出的奉献。如修路老人将一生贡献在这条路上，临死前"还望了望那行将竣工的公路""浮起一片安详的笑容"。汉子回头看看"日头距峰尖还老高的"，他"啐了口唾沫，沉吟一阵。来，再打一个吧"。他虽已完成一天的工作量，但为了早日修好路，甘愿多做额外的工作，表现了汉子淳朴勤劳与无私奉献的精神。被炸倒的妇人"血如江水般由她的胸脯肋缝间淌着，头发为血浸过，已凝成稍黏的饼子"，为修路付出了生命，人生的价值得以彰显。

这是一条诞生于抗日战争烽火中的国际通道，是一条滇缅各族人民用血肉筑成的生命通道。对于修筑滇缅公路时牺牲的许多普通筑路工，史书上未必留下他们的名字，但他们对抗日战争胜利做出的贡献是不可磨灭的。

（杨艺琪）

一座城市向一位普通市民告别 叶晓滨

一个高尚而完美的灵魂永远地走了。

昨天上午,丛飞同志遗体告别仪式在深圳市殡仪馆隆重举行。近4 000名被丛飞帮助过或被感动过的人从四面八方络绎不绝地赶来。

只能容下300人的追悼大厅,挤满了从四面八方赶来的人们。"只要你快乐,只要你幸福……只要你回头一笑,我就很知足……"的歌声在回荡,交织着每个人眼里写满的悲与哀。洁白的鲜花丛中,丛飞的遗像含笑注视着爱他和他爱着的人们。

中共中央政治局委员、书记处书记、中宣部部长刘云山委托中国文联发来唁电,中共中央政治局委员、广东省委书记张德江敬献花圈。团中央书记处第一书记周强,中国作家协会党组书记金炳华等领导同志和单位敬献了花圈。中央文明办、团中央、国家民政部部长李学举等单位和个人发来唁电、唁函。

中国作协党组副书记张健、团中央书记处书记尔肯江·吐拉洪,市领导李鸿忠、许宗衡、白天、李意珍、戴北方、李锋、王京生、邱玫、廖军文等参加了告别仪式。

默哀3分钟。丛飞的生命虽然只有37岁,但他用无私大爱所铸造的崇高精神境界,犹如电光火石照亮深邃夜空,让一座城市引以为傲。

"我们会珍惜和记住丛飞所留给我们的每一个故事,这是诉说爱和坚韧的故事,是真正的深圳人、深圳英雄的故事。"王京生主持仪式时,眼中噙满泪水。

灵堂外聚满向丛飞告别的市民,他们手捧束束鲜花,带着亲手折叠的纸鹤,为自己心中的英雄送行。莲花北康复站的工作人员,与丛飞有着长达8年的深厚友情,泪流满面地说:"一定要把丛飞的爱心传递下去。"

大爱无疆。丛飞去世前,在遗言中提出,要无偿捐献眼角膜等有用的器官,为社会做最后一次奉献。昨天,4名接受丛飞眼角膜移植的受益者,带着这个世界的光明，专程前来诀别丛飞。

丛飞生前好友巫景钦，说起丛飞的故事，痛哭不已：你倾其所有，资助贫困小孩上学，帮助残疾人康复；在贵州山区，你不顾天寒，把棉袄脱下来，交给穿单衣的贫困学生……"你把幸福、好梦、快乐留给世人，把爱洒向人间。"

王京生说："感谢你丛飞，感谢你对我们共同生活的这座城市和人民的挚爱，你永远不可能与这座城市分离，你的精神就是这座城市的精神象征，并将永久地守护她前进和成长。"

几天来，关于丛飞病逝的消息在社会上产生了震撼性的影响。在深圳新闻网，市民网上献花达 17 000 多人次，相关纪念文章获得 8 万多点击量，网友留言近5 000 条。

阳光下，深圳殡仪馆内外，丛飞的《只要你幸福》这首歌在久久回响。

（《深圳特区报》，2006 年 4 月 26 日）

作品赏析：

《一座城市向一位普通市民告别》是一篇精心布局谋篇、语言精雕细刻的新闻报道。全文摒弃传统新闻固有的报道模式，用饱含深情的笔触，近乎白描的手法，精练优美的文字，真实再现感人的告别场景，刻画了爱心大使丛飞的精彩人生和高洁灵魂。此类报道，不仅为我们树立了新时代的道德标杆，也为新闻报道提供了全新的思路。

诗歌般流畅的语言，勾勒丛飞无私奉献的形象。"一个高尚而完美的灵魂永远地走了"。作者以"灵魂永远地走了"象征"爱心大使"丛飞的远去，用诗化的语言奠定了全文忧伤的情感基调。前来送行的人们和生前好友的诉说，如同塑像师手中的刻刀，将丛飞无私奉献的高大形象一点一点地塑造出来。正如作者所言，丛飞"用无私大爱所铸造的崇高精神境界，犹如电光火石照亮深邃夜空，让一座城市引以为傲"。结尾处，寥寥数语，在场景中巧妙嵌入"阳光下""《只要你幸福》这首歌在久久回响"等片段，扭转了悲伤的氛围，传达出丛飞走了，其爱心事业仍在深圳这座爱心城市延续、传递的深长意境。

以人物行动为主线，延续与传递"丛飞精神"。作为著名歌手和深圳的"爱心大使"，丛飞的离去必定会成为众多新闻媒体报道的材料。如何才能在众多新闻报道中脱颖而出，吸引读者的眼球，启发人们的思考，是值得新闻工作者斟酌与思考的。

作者一反常规，没有将笔墨用于叙述领导、官员发来的唁电、讲话等，而是以人物行动为叙述线索，描述丛飞对这座城市的影响，歌颂在城市中得以延续与传递的"丛飞精神"。此外，全文描写了眼中噙满泪水的人们、从远方赶来的眼角膜受益者、泪流满面的同事送别丛飞的场景，给读者带来强烈的真实感与现场感，强化了消息的艺术感染力。

文章突破了传统吊唁稿的讲话模式，淡化了生离死别的悲伤场景，以诗化的语言、清晰的脉络表现了丛飞无私助学、乐于奉献的精神品质。有评论者称该报道"触及人们内心，击中了社会和人们心中绷得最紧的那根弦"。丛飞用行动感动了中国，用生命震撼了社会，用 37 年短暂而闪光的人生，谱写了一曲催人泪下的动人乐章。一如他自己作词的歌曲《只要你幸福》："只要你快乐，只要你幸福，只要你圆上了好梦，我就不辛苦。只要你开心，只要你如意，只要你回头一笑，我就很知足。"

（魏如飞）

Houji 后记

泰戈尔曾说:"新闻起先也像一团闷住的火,突然燃烧起来,成为熊熊烈火,无法把它扑灭。"炙热如火的新闻,记录着历史足迹、照亮着世间百态、捕捉着众生万象。新闻记者用一颗心、一双眼、一支笔,将所看、所思、所悟化作铅字,广而告之、流传于世。

一篇好的新闻,如同一把利刃,刺向社会丑陋的阴暗面,对种种罪恶进行揭露与鞭挞,让其恢复和谐正气之风。擦亮"新闻眼",我们叩问战争、缅怀生命,在奥斯维辛只有哀悼,没有新闻;大灾当前、人性使然,"那一夜我们没有采访";在众声喧哗中,打捞那些沉没的声音,构建和谐的社会。

一篇好的新闻,好似一个万花筒,编织出世界的斑斓,满足探索的欲望。如柴静所言,"你问的就是未知,问的是你的欲望,这就是新闻"。透视"多棱镜",我们愤慨着八卦话题"打败"抗日老兵的无奈与辛酸;感叹着"人人有权抵制恶俗"的决绝与坚定;并为地震救灾中释放出的中国民间巨大力量而喝彩。

一篇好的新闻,就像一面镜子,折射出人情、人事、人生百态。正如白岩松所说,要"说人话、关注人、像个人"。聚焦"众生相",我们聆听邓小平与法拉奇的对话,领悟这场世纪访谈的时代价值;关注"模范男孩"变身女孩的故事,感受社会的包容与温情;了解吴晗和他的一家,铭记历史的沧桑与悲壮。

星火燎原之间，我们选取 42 篇聚焦社会、见证历史、反映民生的新闻作品，在赏析中，带你一同感受新闻的力量。

　　观其主题立意之精深，洞察社会世事的犀利睿智；

　　见其结构布局之精妙，剖析文思倾吐的匠心独运；

　　赏其辞藻用语之精准，体悟字里行间的真情流露。

　　在采访与编写之中，新闻让我们眼观八方、海纳百川。新闻之美，不同于诗歌的浪漫抒情、散文的文辞隽永、小说的跌宕起伏，但它有着朴实无华的记录、真知灼见的思考，以及口诛笔伐的魄力。新闻的世界亲近如友，常伴在侧。

　　参与本书框架设定、赏析修改、全文审定的主要人员有董小玉、秦红雨、毛春、张秋丽、李应杰、洪亚星、邹晨雅、黄琴、黄英、陈曦、熊娇、徐梅、周静、张西、靳正超、金圣尧、黄婷婷等。本书在编写过程中，得到了西南大学新闻传媒学院的鼎力支持，在此表示真挚的感谢。此外，衷心感谢西南师范大学出版社李玲编辑为书稿编审、出版倾注的心血。书中如有疏漏或不当之处，请读者惠予指教，以便再版修订，我们将不胜感激！